I0613620

52578

LE TRÉSOR

DES PIÈCES RARES OU INÉDITES

LES JEUX D'ESPRIT

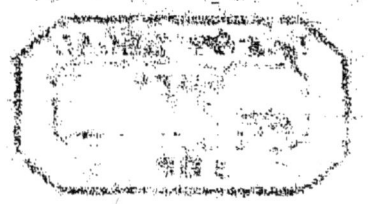

LES

JEUX D'ESPRIT

OU LA PROMENADE

DE LA PRINCESSE DE CONTI

A EU

PAR MADEMOISELLE DE LA FORCE

PUBLIÉS POUR LA PREMIÈRE FOIS AVEC UNE INTRODUCTION

PAR

M. LE MARQUIS DE LA GRANGE

Membre de l'Institut

A PARIS

CHEZ AUGUSTE AUBRY

L'UN DES LIBRAIRES DE LA SOCIÉTÉ DES BIBLIOPHILES FRANÇOIS

RUE DAUPHINE, 16

1862

JEUX D'ESPRIT

OU LA MÉGISEADE

DE LA PRINCESSE DE CONTI

ET

PAR MADEMOISELLE DE LA FORCE

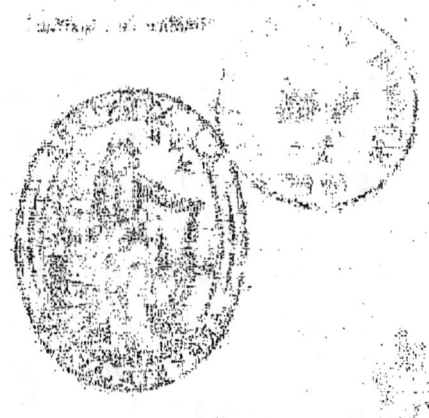

CHEZ AUGUSTE AUBRY

PAR DES LIBRAIRES DE LA SOCIÉTÉ DES BIBLIOPHILES FRANÇOIS

1862

INTRODUCTION

—

N 1852, à la vente des livres du roi Louis - Philippe, j'ai acquis, avec d'autres manuscrits de Mlle de la Force, celui des *Jeux d'Esprit*, qui figurait au catalogue sous le n° 1354.

Ce petit volume se composait de la réunion de plusieurs cahiers dorés sur tranche et fixés par des faveurs vertes dans une reliure de maroquin rouge. Le titre, PLVS BELLE QVE FEE, celui d'un des contes de Mlle de la Force, semble indiquer que cette couverture splendide lui avait d'abord été destinée.

a

Le premier feuillet, timbré du cachet de la bibliothèque du Palais-Royal, a été consacré par l'auteur à une préface que nous reproduisons textuellement. Les deux cent dix neuf pages qui suivent contiennent les *Jeux d'Esprit*; sur la dernière, on lit un simulacre de privilége, signé DELLILE et daté du 26 juin 1701.

Le manuscrit, d'une belle écriture, offre sur trente-quatre pages des corrections de la main de Mlle de la Force.

Si l'on a dit : Noblesse oblige, ne peut-on pas dire également que manuscrit oblige ? Celui qui en est le possesseur le mettra-t-il sous le boisseau ? Pour peu qu'il contribue à l'agrément du public ou qu'il projette quelque lumière sur le goût ou les tendances d'une époque, n'est-ce pas un devoir de le publier? Sous l'impression de cette pensée, j'ai mis les *Jeux d'Esprit* à la disposition de M. Aubry, pour les faire figurer dans la *Collection des pièces rares et inédites*. Il m'a semblé qu'en publiant ce type tout particulier du genre précieux il ajouterait une perle à son trésor, enrichi déjà de si charmants bijoux.

La société précieuse a occupé dans l'histoire de notre littérature une place plus importante qu'on ne le croit communément. Elle a eu des phases diverses, des triomphes et des défaites, son apogée et sa décadence. Exaltée jusqu'au fanatisme, elle s'est vue bafouée jusqu'au ridicule. Il n'y a pas encore longtemps, les satires et les plaisanteries contemporaines étaient presque l'unique tradition que nous en eussions conservée.

Les progrès d'une saine critique et un examen plus attentif des pièces originales ont produit de nos jours une réaction dans un sens contraire. On a pris au sérieux bien des choses jusqu'ici dédaignées.

En dégageant la question des passions du temps, en faisant la part des préventions et de l'engouement de l'esprit de coterie et du mauvais goût, on est arrivé à reconnaître l'influence de la société précieuse sur le développement de la langue française et sur les grands écrivains qui ont illustré le siècle de Louis XIV.

Celui qui ne connaîtrait de cette époque que les romans héroïques, les *Bergerades* de Racan, la *Guirlande de Julie* et la *Journée des Madrigaux*, n'y verrait probablement que

des galanteries de ruelles, des concetti italiens et des hyperboles castillanes ; mais, au
lieu de s'arrêter à cette première impression,
n'est-il pas à propos de se rendre compte de
l'état des esprits, des traditions du passé et
des horizons qui se présentaient alors, afin
de bien préciser le point d'où l'on est parti et
le but qui a été atteint ?

Après des essais multipliés et des oscilla-
tions diverses, la langue et la littérature française flottaient encore incertaines. Deux voies
semblaient s'ouvrir devant elles ? Pouvait-
on, en remontant le cours des siècles, s'inspirer des trouvères ou des chansons de geste,
sources primitives de notre poésie nationale?
Fallait-il, au contraire, en suivant le torrent
de la renaissance, imitatrice servile des anciens, assujettir une fois de plus les descen-
dants des Gaulois au joug des Romains ?

La pente, de ce côté, était glissante ; nous
subissions déjà depuis le xvi⁰ siècle l'influence
des races latines. L'Italie et l'Espagne, à la
suite des guerres de François I⁰ʳ et de Charles-
Quint, et par les reines qu'elles nous avaient
données, envahissaient le domaine de la littérature française : l'Italie avec le culte des

beaux-arts restaurait les divinités de l'Olympe, et l'Espagne nous apportait, avec ses sentiments hautains et pointilleux, sa galanterie mystique et raffinée.

Agitée par ces efforts qui se croisaient en tous sens pour faire prévaloir les idées et les locutions étrangères, la France se voyait menacée de parler un jargon comme celui des ouvriers de la tour de Babel : c'était la confusion des langues ; nous devenions tour à tour Grecs ou Romains, Italiens ou Espagnols, mais nous cessions d'être Français.

Notre salut ne devait cependant pas se trouver là où on l'avait cherché d'abord. Aucune des voies qui se présentaient devant nous ne fut exclusivement suivie ; on ne scruta point nos anciennes traditions, on ne continua plus à prôner aveuglément le goût de la renaissance. Les Grecs et les Romains, réduits à leur juste valeur, n'exercèrent plus sur nous leur tyrannie. Les dieux mythologiques n'apparurent plus à nos regards que comme des images poétiques ; mais en dehors de toutes ces tendances, je ne voudrais pas dire de tous ces écueils, surgit une école nouvelle. L'inspiration vint d'en haut : de grands seigneurs et de grandes dames, accoutumés au langage qui a toujours distingué la cour de France, présidaient à des réunions choisies où l'élégance des manières s'unissait à la galanterie la plus délicate.

Beaux esprits eux-mêmes, ils cultivaient les lettres et recherchaient ceux qui les pratiquaient. Ce double contact profitait à la fois aux Mécènes et aux Horaces. Les gens de lettres apprenaient la politesse des hommes de cour ; ces derniers s'instruisaient en s'amusant. La liberté, égale pour tous, n'était limitée que par le respect des convenances. L'hôtel de Rambouillet devint le principal centre de ce genre de réunions ; les beaux esprits de toutes les conditions sollicitèrent l'honneur d'y être admis. Ainsi se forma la société précieuse. A son origine, elle n'avait qu'un seul but : celui de s'affranchir du pédantisme de l'époque, de s'occuper simplement de choses sérieuses, enfin de trouver dans le vocabulaire usuel le moyen de parler de tout convenablement.

Ce qui n'était d'abord qu'une révolte contre le fatras de la science et contre la routine des écoles devint une révolution. La société

précieuse, en rejetant les influences étrangères, s'obligeait à se suffire à elle-même; elle
travailla donc à épurer le goût. Le culte du
beau et du vrai, mais du vrai orné par l'élégance de la forme, fut poussé jusqu'à l'idolâ-
trie, et la galanterie jusqu'à l'excès, pourvu
qu'elle observât les règles du *bel amour* et de
la *belle conversation*.

Ce n'était pas assurément une ambition
vulgaire de vouloir exceller à la fois par
l'élévation des sentiments et par la distinction du langage; ces deux qualités, nous
les retrouvons à un degré éminent dans
la personnification des héros de *Clélie* et
de *Cyrus*, si magistralement exposée par
M. Cousin.

Si la hauteur et la délicatesse des sentiments inhérents aux personnes provenaient
des traditions de la chevalerie et de la galanterie du temps, il n'en était pas tout à fait
de même de la distinction du langage. Celui
qu'on parlait alors à la cour, élégant et poli,
mais familier et restreint, avait suffi jusqu'alors aux habitudes des grands seigneurs;
cependant il fallait tirer parti de ce fonds
même pour le féconder, l'ennoblir et lui

faire produire tout ce qu'on désirait en obtenir. Sans accroître beaucoup le nombre des mots, les précieuses se bornèrent à étendre leur signification. En les groupant d'une certaine manière, elles surent créer une foule de locutions hardies et de métaphores nouvelles, consacrées aujourd'hui par l'usage et employées par nos plus grands écrivains.

Mais ce qui a surtout caractérisé les précieuses et ce qui leur a mérité ce nom, c'est cet esprit un peu exclusif qui domine toutes les sociétés et qui tend à leur imprimer un type particulier pour les distinguer de ceux qui n'en font pas partie. Les précieuses ne voulaient ni penser, ni parler, ni écrire comme tout le monde ; mais elles s'appliquaient à penser, à parler et à écrire d'une certaine manière qui leur était propre. La délicatesse exagérée du goût tombe quelquefois dans la subtilité et touche à l'affectation. On risque de devenir incompréhensible ou ridicule ; c'est ce qui est arrivé quelquefois, quoique rarement, aux grandes précieuses, mais très-souvent à celles qui s'étaient proclamées de leur école ; car, il faut l'avouer, la mode, en transportant tout à coup dans la bourgeoisie et dans la province le goût et le ton précieux, y fit naître bien des contrefaçons et produisit les caricatures qui ont fourni à Molière les *Précieuses ridicules*, et à Boileau ses traits satiriques.

Ce qu'on doit à l'école précieuse, le voici : le goût des lettres propagé et épuré par l'influence des femmes.

Qui pourrait nier que les femmes ont fait naître dans les esprits ce mouvement universel et régénérateur, si fécond dans ses résultats?

La langue française, hérissée de grec et de latin, s'embarrassait dans ses longues et obscures périodes : l'art d'écrire ressemblait à ces professions privilégiées dont il faut laborieusement conquérir la maîtrise; le style offrait un mélange de roideur et d'emphase; la conversation des femmes le polit et l'assouplit jusqu'à le rendre clair et rapide comme la parole.

L'époque de Louis XIV nous présente, en effet, une particularité surprenante : c'est que, ni avant ni après son règne, il ne se rencontra jamais à la fois tant de personnes qui sussent si parfaitement écrire. Quelle est donc la fée qui, touchant toute une nation de sa baguette, lui accorda ce don merveilleux?

N'est-ce point la société précieuse qui a renversé les obstacles dont le pédantisme entravait la manifestation de la pensée?

L'école des précieuses survécut à l'hôtel de Rambouillet, et, tout en se modifiant selon les temps, elle se prolongea jusqu'à la fin du XVIIᵉ siècle et pendant le premier quart du XVIIIᵉ.

Cette seconde phase vit s'établir de nouveaux centres, devenus célèbres par la qualité et par l'importance des personnes qui en faisaient partie.

Nous citerons particulièrement la petite cour que Mᵐᵉ la duchesse du Maine tenait au château de Sceaux. Elle exerça une influence incontestable, et, bien qu'elle différât sous beaucoup de rapports de la première société précieuse, on ne peut contester qu'elle s'en rapprochât encore par de nombreux traits de ressemblance.

Cette analogie du passé avec le présent n'a pas échappé au jugement des critiques. Après tout, ce n'était pas seulement la filiation et la transmission du bel esprit du XVIIᵉ au XVIIIᵉ siècle : les formes mêmes avaient été maintenues ; car, de même que les amusements de Mˡˡᵉ de Montpensier à Saint-Fargeau avaient été chantés par Segrais, en **1656**, sous le titre de *Divertissements de la princesse Aurélie*, les *Divertissements de Sceaux* étaient célébrés par Genest et Malézieu en **1712**.

Les surnoms même n'y manquaient pas ; mais, au lieu de les emprunter à des souvenirs héroïques, tels que *Arthénice* (Mᵐᵉ de Rambouillet), *Menalide* (Julie d'Angennes), *Valère* (Voiture), *Belisandre* (Balzac), *Cléoxène* (Conrart), *Dioclée* (Mˡˡᵉ Deshoulières), *Ligdamire* (Mᵐᵉ de Longueville), *Scipion* (le grand Condé), etc.; on employait à la cour de Sceaux des appellations moins solennelles, telles que *Fine-Mouche* ou *Fauvette* (la duchesse du Maine), le *Curé* (Malézieu), *Fanchon* (Mˡˡᵉ de Langeron), le *Baladin* (le marquis de Gondrin), *Ruson* (la marquise de Lassay), *Ricannette* (Mᵐᵉ d'Aligre).

Au milieu de ces sobriquets bourgeois, on voyait apparaître quelquefois comme des traditions vivantes : Ninon, Mˡˡᵉ de Scudéry,

Coulanges, Hamilton et le comte de Gramont, tous octogénaires et qui semblaient
n'avoir survécu que pour assister aux trans-
formations du temps dont plusieurs avaient
subi l'influence.

En effet, quel contraste entre les bergers
de Racan et ceux de Fontenelle et Malézieu,
devenus plus tard les originaux de Watteau et
de Boucher ! Comparez les madrigaux de
l'hôtel de Rambouillet et les chants ana-
créontiques de la Fare et de Chaulieu, et
mesurez l'intervalle qui sépare les adora-
teurs de Julie d'Angennes des bêtes de la
ménagerie de Mme du Maine ! Le *bel amour*
folâtrait à la guinguette et les galants d'autrefois se glorifiaient du nom de libertins,
les beaux esprits se qualifiaient de celui
d'esprits forts !

Indépendamment de la cour de Sceaux, qui
resta presque toujours dans les bornes d'une
certaine bienséance, malgré les chansons
bachiques improvisées par la duchesse du
Maine, il y avait encore d'autres réunions :
celles du château d'Anet, chez le duc de
Vendôme, et celles du Temple, chez le grand
prieur. Le fond de la société était à peu près

le même, avec cette différence qu'à Sceaux c'était la galanterie qui dominait; à Anet, où les femmes ne pénétraient que rarement, c'était l'orgie et la débauche; tandis qu'au Temple les esprits forts professaient l'incrédulité.

C'est ainsi qu'au commencement du xviiie siècle, Louis XIV vivant encore, et sous le règne de Mme de Maintenon, cette vieille précieuse des premiers temps, on pouvait pressentir la régence et le règne de Louis XV.

Il est à remarquer que le mouvement venait toujours d'en haut, quoique les rôles fussent changés; en effet, bien que les hommes de lettres eussent pris tellement racine dans la société qu'on pouvait douter s'ils étaient encore les courtisans des grands seigneurs, ou si ces derniers étaient devenus leurs flatteurs; cependant, à la tête de ce monde épicurien et incrédule se trouvaient encore des princes de la famille royale, presque tous bâtards à la vérité, mais légitimés et honorés comme tels.

Si nous nous sommes étendus peut-être un peu longuement sur la société précieuse, ce n'est pas seulement à cause de l'intérêt qui s'y rattache au double point de vue de l'étude des mœurs et de l'histoire littéraire, c'est surtout parce que Mlle de la Force appartient particulièrement à cette époque; en effet, elle en a traversé les principales phases, puisqu'elle a assisté à la seconde moitié du règne de Louis XIV et qu'elle survécut à la régence.

Admise dans l'intimité de la dauphine de Bavière, des deux princesses de Conti, des duchesses de Bourbon et du Maine, elle a connu particulièrement Antoine Hamilton et le chevalier de Gramont, les duchesses de Bouillon et de Mazarin, Mlle de Scudéry et Ninon, le grand prieur et le duc de Vendôme, Chapelle et Chaulieu, la Fare et Malézieu, J.-B. Rousseau et Voltaire.

Les ouvrages de Mlle de la Force offrent des types de cette école, qui à la pureté et à l'élégance du style réunissait les formes de la galanterie et la délicatesse des sentiments. Si l'on consulte les témoignages les plus anciens, voici ce qu'en dit le *Mercure galant* :

« Son esprit est connu de tout le monde, et on convient qu'il est digne de son cœur et que son cœur est encore plus grand que sa naissance, quoiqu'elle soit des plus illustres du royaume. » (Mars 1684.)

« Elle a toujours été regardée comme l'arbitre des ouvrages d'esprit. » (Juillet 1695.)

« Cet ouvrage (l'*Histoire de Gustave Wasa*) est écrit avec beaucoup de feu ; l'on y trouve des expressions hardies, nouvelles et heureuses, qui marquent que le cœur des amants est connu à la personne qui a bien voulu se donner la peine de travailler à cet ouvrage. » (Février 1697.)

Examinons maintenant les critiques des contemporains. On lui a reproché d'avoir mêlé à des faits historiques le récit d'aventures galantes et fait parler à ses héros le langage des ruelles ; mais, en cela, elle a payé son tribut au goût de l'époque. Il y a des analogies singulières ; le même fait s'est produit dans l'histoire de l'art et dans celle de la littérature.

Ne voyons-nous pas, en effet, dans les *Noces de Cana* de Paul Veronèse les convives revêtus des costumes du xvie siècle, et les héros de Mlle de Scudéry reproduire non-seulement les portraits et le caractère de

Mme de Longueville et du grand Condé, mais faire encore le récit des principaux événements de leur vie? Si nous remontons encore plus haut, ne retrouvons nous point, dans nos vieilles chansons de geste, Charlemagne et ses douze pairs, Alexandre le Grand et ses compagnons, travestis en chevaliers du xiiie siècle, agir conformément aux mœurs et aux coutumes de la féodalité? Mlle de la Force a donc encouru les mêmes reproches que tous les auteurs qui, empruntant leur sujet à un passé déjà fort éloigné, ont pris leurs contemporains pour modèles. Changez les noms des personnages, et vous ne pouvez nier qu'elle n'ait été le peintre vrai et fidèle de la société où elle vivait. Elle reproduit les qualités et les défauts de son temps.

Mlle de la Force, bannie de la cour pendant seize ans, s'est vue contrainte à se retirer dans un couvent. Ses malheurs auraient dû inspirer d'autant plus de commisération qu'elle les a supportés avec courage ; cependant, la postérité s'est montrée cruelle à son égard. On l'a méconnue et calomniée. Nos biographes modernes succombent quelquefois à la tentation du paradoxe et au désir de plaire par l'appât du nouveau. Aussi prononcent-ils assez facilement, en révisant les jugements du passé, soit des réhabilitations hasardées, soit des condamnations trop rigoureuses. Il y a souvent du vrai, sans doute, dans les unes comme dans les autres. Mais n'est-il pas permis d'appeler le public à juger en dernier ressort?

En l'absence de documents authentiques sur Mlle de la Force, on a pris au sérieux des libelles apocryphes et diffamatoires, ou des livres posthumes qui n'ont pu être contrôlés par des témoignages contemporains. Il s'en est suivi des aggravations absurdes sur des faits réels et déjà graves par eux-mêmes, ou des imputations fausses résultant de méprises singulières. Il suffirait pour en faire justice de présenter ici une étude de la vie et des ouvrages de Mlle de la Force ; ce travail, nous l'avons essayé, mais, comme il nécessite beaucoup de recherches, il n'est point encore terminé. Nous espérons pouvoir le publier un jour avec quelques autres productions inédites de l'auteur, et nous pouvons dès à présent garantir qu'on y trouvera la confirmation de ce que nous avançons aujourd'hui.

Cependant, pour donner immédiatement

sur Mlle de la Force quelque chose de tout à fait nouveau et de plus curieux qu'une appréciation qui nous soit personnelle, nous en appelons à son propre témoignage. Elle vient déposer elle-même devant ses juges, car nous insérons ici son portrait, tracé de sa main et adressé à M. le prince de Conti. Ce texte, complétement inédit, est extrait d'un manuscrit que nous possédons. On s'amusait alors à faire des portraits, et, bien qu'ils ne fussent, pour la plupart du temps, que des miroirs de vanité ou des textes de plaisanterie, il y avait parfois beaucoup de vérité dans ces confessions spontanées, car, en s'interrogeant soi-même, il arrivait, sans s'en rendre compte, que l'on répondait soit aux préventions soit aux reproches d'autrui; et puis, comme chacun se connaît au fond beaucoup mieux qu'on ne le croit, le silence que l'on observait sur ses faiblesses était significatif; ou bien, si l'on avouait ses défauts, on les exagérait souvent afin de pouvoir en revendiquer les qualités. D'ailleurs, quand on parle de soi et qu'on veut s'expliquer aux autres, n'en résulte-t-il pas certain entraînement à des épanchements plus abandonnés et plus sincères que sous l'empire de toute autre préoccupation? Ce sont les testaments des caractères; mais, au lieu de se placer en face de la mort, on pose devant la postérité. Il y a donc plus de réalité qu'on ne le pense dans ces portraits faits à plaisir : il ne s'agit que de les comprendre. Il faut savoir seulement distinguer les grands traits de ces figures ciselées si délicatement et en reconnaître la physionomie naturelle et l'expression véritable.

Quoi qu'il en soit, et sous le bénéfice des observations précédentes, voici le portrait que nous avons promis :

MADEMOISELLE DE LA FORCE

PEINTE PAR ELLE-MÊME

« Si je voulois faire mon portrait flaté comme on les fait d'ordinaire, et que je voulusse l'orner avec autant d'esprit que je le pourrois,

> Jamais Hélène tant vantée
> N'auroit eu de si doux appas;
> Jamais la gloire de Niquée
> N'auroit causé de plus grands embarras.

> Que d'amants vaincus par mes charmes !
> Je renouvellerois tous nos vieux Paladins ;
> Je ferois seule leurs destins.
> Que l'on verroit de merveilleux faits d'armes !
> Pour mettre ma conquête à fin,
> L'on joûteroit du soir jusqu'au matin.

« Avouez-moi, mon cher Prince [1], que les choses ne valent que comme on les fait valoir, et que je pourrois dire de moi-même, si je le voulois, que j'ai la plus charmante taille du monde, et de cette aimable hauteur que les poëtes donnent à leur Vénus. Il me semble encore que j'ai lu dans Homère qu'elle avoit les sourcils et les yeux noirs : je les ai de même. Des yeux que l'on donne à la mère d'Amour doivent être beaux : les miens passent aussi pour tels ; on dit qu'ils touchent quelquefois, et que jamais regards n'ont été si pleins de charmes. J'ai les pieds petits et bien faits, les jambes, la gorge et les mains fort belles ; mes cheveux sont en fort grande quantité et de la même couleur que celle de mes yeux. J'ai la bouche rouge, les dents belles, l'air jeune,

> Et le teint de lys et de roses,
> Avec d'autres secrets appas
> Qui sont de ces certaines choses
> Que l'on sait et qu'on ne dit pas.

« N'est-il pas vrai, mon cher Prince, que je viens de

---

[1] François-Louis de Bourbon, prince de Conti en 1685, après la mort de son frère ; il fut le héros de sa maison et mourut en 1709.

décrire la plus agréable beauté que l'on puisse concevoir ?

Celle qui fut jadis si fière, si hautaine,
Qui sçût assujétir deux Illustres Romains,
   Ne montra point aux yeux humains
   Rien qui dût la rendre si vaine
   Que la beauté que je dépeins.

« Tout ce que je viens de dire est vrai, et il en faudroit demeurer là pour ravir ceux qui ne m'ont point vue, envoyer ce portrait chez les étrangers, enchanter les nations et faire voler ma gloire dans l'avenir; mais la vérité trop constante dont je me fais une si austère loi m'oblige à confesser que, bien loin d'être belle, c'est tout si je suis jolie pour ceux qui m'aiment; qu'on juge de là ce que je dois être pour les indifférents!

« Tout ce que j'ai dit est vrai; mais tout cela a des suites désagréables. Je n'ai pas le nez beau; les joues sont élevées; j'ai la bouche grande, un arrangement de traits dans le visage qui pourroient être plus réguliers. Il est quasi sûr que je déplais à la première vue; mais avec le temps on s'acoutume à moi. Ce qui fait que je ne reviens pas d'abord, c'est un air froid que j'ai, qui pourroit volontiers se dire glorieux. Je ne cherche point à plaire, parce qu'il arrive peu que les gens nouveaux me plaisent; bien éloignée en cela de l'ordinaire des dames, je voudrois borner toutes mes connoissances à ce qui m'a sçu plaire :

Le voir, l'aimer, m'en souvenir,
Ne m'ocuper que de lui-même.
De mon âme l'objet que j'aime
Ne sauroit jamais s'en bannir.

« Je suis tout à fait ennemie de la contrainte, et cependant toute ma vie est une contrainte perpétuelle. Si je me rens maîtresse de mes paroles et de mes actions, je ne le suis pas de mes airs. Je change souvent de visage, et d'heure à autre, suivant les humeurs où je suis; le chagrin y fait une horrible impression; la fierté et le dédain y paroissent trop et ne s'y placent pas bien; la langueur y est assez touchante; mais la gayeté y met un air ouvert et riant qui me sied. Toutes les passions se font lire dans mes yeux; leurs mouvements donneroient des connoissances de ce que je voudrois qu'on sçût aux personnes les plus stupides; ils ont un beau langage pour qui les entend.

« Je suis née indépendante et hautaine, aimant la gloire jusqu'à l'excès. C'est aussi de ce caractère que j'ai pris une fermeté qui m'a empêchée de me laisser abattre par mes malheurs. La grandeur de mon courage me fait vaincre tout ce que je crois mal, et oposer une résolution au-dessus de mon sexe contre les ataques les plus outrageuses de la fortune. Ma vie est une philosophie continuelle et une morale vivante; j'ai beaucoup d'équité; je ne connois ni le ressentiment des injures ni la vengeance qu'on en peut tirer. Le malheur de mon ennemi triomphe de toute ma colère, et dans cet état il n'y a point d'office qu'il ne reçût de ma générosité; aussi je puis craindre la médisance, mais je n'appréhende point la juste censure. Exacte dans ma vertu, je me pardonnerois moins volontiers une faute que les autres ne feroient. Sévère contre moi-même, je tâche tous les jours à me corriger; je cherche moi-même mon estime, et je ne me l'accorde qu'à bon titre. Je suis promte et quelquefois trop ocupée de mes malheurs. Je montre une méchante humeur à ceux qui m'aprochent; elle ne va point jusqu'à traverser leurs plaisirs : elle ne fait qu'empoisonner ceux que je puis prendre, et enfin à rendre fort souvent rêveuse, et quasi toujours mélancolique, une créature qui, vive et gaye, n'étoit faite que pour la joie et pour les plaisirs.

« Je sens aussi, malgré toute la philosophie dont je viens de me louer, que deux passions ont trop d'empire sur mon âme, c'est la tendresse et l'ambition ; l'une l'emporte infiniment sur l'autre : je la laisse à deviner.

« J'aime fort la magnificence, et, quand je consulte mon cœur, je crois que j'avois été formée pour être reine, tant je trouve que celles qui sont élevées à ce rang suprême devroient avoir mes sentiments.

> Les Héros les avoient ainsi ;
> Ils viennent des vertus divines ;
> Et ne dois-je pas croire aussi
> Que ce sont eux qui font les Héroïnes.

« Je m'écarte toujours de la route ordinaire des ambitieux, qui ne sont jamais sans de grands desseins. Je les formerois comme une autre, et je les pousserois assez bien si la fortune me rioit. Je sais que sans elle tous les projets n'aboutissent à rien, et j'avoue que je me repose un peu sur la destinée.

« J'ai le cœur fort tendre. J'ai été toujours trompée ; je n'ai trouvé en toute ma vie qu'une bonne amie ; j'en ai eu de perfides et quantité de faux amis. Je sais et je sens tout ce qu'il faut sentir pour bien aimer. Jamais peut-être personne n'a eu l'âme si passionnée. La persécution, l'exil, la misère, la mort, l'infidélité même ne me feroient pas manquer à ceux à qui j'aurois donné mon amitié. Tout cela me seroit autant de délices, et ceux qui auroient mon cœur par inclination le conserveroient avec gloire. Je suis naturellement un peu jalouse, délicate jusqu'à la sotise, et comme tout ce que je fais et tout ce que je dis a relation à ceux que j'aime, j'explique aussi tout ce qu'ils font, et si je me satisfais quelquefois, le plus souvent je me gêne beaucoup. Je n'ai jamais rien déguisé à ceux que j'aime ; je pousse même ma sincérité si loin que, s'ils avoient des défauts, je les leur dirois pour les en corriger, non pas en rude censeur, mais en créature touchée qui voudroit que ce qu'elle a jugé digne de son cœur fût acompli. Je m'abandonne avec ce que j'aime dans une entière liberté de pensée ; on ne m'a aussi jamais aimée qu'avec passion. J'ai de l'esprit dans le tête-à-tête ou avec peu de gens ; je me laisse voir tout entière, et, comme je bannis la contrainte, ma conversation est comme on la veut, profitable si l'on me met sur de bons sujets, et agréable si l'on est gay. Si ma personne est retenue et modeste, mon esprit est fort libertin ; et, quand je suis sans contrainte et que j'ai l'imagination échaufée, je dis volontiers ce qu'on veut et ce qui me paraît propre à réjouir ce que j'aime, pourvu qu'il y ait de l'esprit ; l'esprit est une des choses que j'aime le mieux. Je trouve que tout le monde en a, mais il y en a peu qui me revienne. J'ai pris moi-même assez de soin du mien ; je l'ai vif, doux et pénétrant ; peu de choses m'échapent. J'ai tâché surtout à le rendre bon et droit : je puis dire que j'y ai réussi. J'ai pris soin de l'orner chez les Anciens et les Modernes, et j'ai pensé que, n'étant prescrit à l'homme qu'un si petit nombre d'années, il devoit par son industrie se faire de tous les tems. »

Avant sa disgrâce, Mlle de la Force avait publié : en 1692, les *Fées, Contes des Contes*; en 1694, l'*Histoire secrète de Marie de Bourgogne;* en 1695, l'*Histoire de Henri IV, roi de Castille (surnommé l'Impuissant)*; en 1696, l'*Histoire de Marguerite de Valois, reine de Navarre*; enfin, en 1697, l'*Histoire de Gustave Wasa.*

Ces romans, sous des titres modifiés ou amplifiés, ont été reproduits par de nombreuses éditions, en France et en Hollande, pendant le cours du xviiie siècle.

Exilée à la fois de la cour et de la ville, sous peine de perdre la pension de mille écus qui composait toute sa fortune, Mlle de la Force se retira à six lieues de Paris, à Gercy, en Brie, abbaye de bénédictines, où Mlle de Briquemaut, sa nièce, se trouvait déjà. Elle y recevait des visites, et si elle ne pouvait les rendre, elle s'en dédommageait par ses correspondances, et ne demeurait étrangère ni à la cour, ni à la ville, ni au mouvement littéraire de son époque.

A Gercy, elle écrivit, en 1698, l'*Histoire de Catherine de Bourbon, duchesse de Bar*, et celle d'*Adélaïs de Bourgogne*, dont je possède le manuscrit encore inédit; elle y composa également des poésies, dont voici les plus remarquables :

Les Châteaux en Espagne, adressés à Mme la princesse de Conti (47 vers) ;

A Mme la duchesse de Mantoue sur son entrée dans ses États (80 vers);

Épître à Mme de Maintenon (100 vers);

Placet au roi, en 1713 (32 vers).

C'est encore à Gercy que Mlle de la Force a écrit ses *Jeux d'Esprit* en 1701. Elle a choisi l'époque qui suivit la régence de Marie de Médicis. Louis XIII avait été déclaré majeur à l'âge de treize ans, dans le lit de justice tenu au parlement en 1614, mais la régence se prolongea de fait jusqu'à la mort du maréchal d'Ancre, en 1617; c'est donc entre ces deux termes qu'il faut placer la *Promenade de la princesse de Conty à Eu*. La plupart des personnages qui composaient ce cercle intime, à l'exception du duc et de la duchesse d'Elbeuf. qui vécurent jusqu'en 1657 et en 1660, n'existaient plus en 1650, année de la naissance de Mlle de la Force. On peut donc affirmer qu'elle n'en a connu aucun personnellement. Quels sont donc les motifs qui ont pu diriger sur eux son choix?

La princesse de Conti est l'âme de cette réunion; elle l'avait provoquée, puisqu'elle se tenait à son château; elle devait donc se composer tout naturellement de ses proches et de ses amis. En effet, nous y voyons d'abord son frère, le duc de Guise, celui que Bassompierre appelait l'un des meilleurs et des plus gentils princes qu'il ait jamais connus; ensuite, la duchesse de Nevers, fille du duc de Mayenne, et par conséquent cousine germaine de la princesse de Conti; le duc d'Elbeuf, son cousin issu de germain, et la princesse Henriette de Bourbon, fille de Henri IV et de la belle Gabrielle, qu'on considérait déjà comme faisant partie de la famille, car elle était promise au duc d'Elbeuf.

Voilà pour la parenté; on pourrait presque y ajouter Bassompierre, le dernier des amants de la princesse de Conti. On croyait qu'elle l'avait épousé secrètement; mais si son mariage n'a pu être prouvé, il n'est guère possible de douter qu'elle n'en ait eu un fils.

Il resterait encore trois autres personnes dont les relations de société justifieraient

seules la présence à Eu : ce sont Mme d'Ornano, M. de Créqui, qui n'était pas encore
maréchal, et le comte de la Rochefoucauld,
non encore duc et pair; mais nous trouvons
d'autres motifs d'expliquer leur liaison avec
la princesse de Conti : tous les trois, comme
elle, étaient particulièrement attachés à la
régente, et il est à remarquer d'une manière
générale qu'à l'exception de la duchesse de
Nevers, qui mourut en 1618, tous se pronon-
cèrent pour la cause de Marie de Médicis et
encoururent l'inimitié de Richelieu.

Bassompierre dit dans ses *Mémoires* « que
le cardinal se plaignait de M. de Guise, qui
usurpait de force ses droits sur l'amirauté du
Ponent, et de Mme la duchesse d'Elbeuf et de
Mme d'Ornano, qui ne cherchaient qu'à le
détruire ».

La journée des Dupes donna à Richelieu
l'occasion de se livrer à ses ressentiments.
La princesse de Conti fut sa première vic-
time : exilée à Eu, elle ne put survivre à la
douleur d'être séparée de la reine. La duchesse d'Elbeuf s'était retirée d'abord auprès
d'elle; mais elle rejoignit son mari, réfugié
en Flandre, après la défaite du parti de
Monsieur à Castelnaudary.

Le duc de Guise fut réduit à chercher un asile en Italie; il y mourut au bout de dix ans, sans avoir pu rentrer en France. Bassompierre expia à la Bastille, par une captivité de douze ans, ses liaisons avec la princesse de Conti. Le maréchal de Créqui, qui avait dû être arrêté peu après la reine mère, fut tué devant Brême d'un coup de canon en 1638. Le comte de la Rochefoucauld n'a pas été, que je sache, comme son fils, en butte aux persécutions de Richelieu, aussi, sous ce rapport, ne pouvons-nous l'assimiler tout à fait aux autres membres du cénacle d'Eu; peut-être n'y apparaît-t-il que d'une manière incidente, comme le père de l'auteur des *Maximes*, et afin d'avoir l'occasion de parler *pour* ou *contre* la vanité. En effet, à un autre point de vue, la plupart des personnages si fidèlement représentés et si parfaitement placés auprès de la princesse de Conti ne sembleraient-ils pas avoir été convoqués à Eu pour rendre hommage à ceux qui devaient porter leurs noms plus tard? Ne pouvons-nous pas soupçonner chez l'auteur certaine préoccupation, celle de louer les vivants en parlant des morts d'une manière si flatteuse, et n'en trouverions-nous pas une explication suffisante dans les sentiments affectueux et les liaisons intimes de Mlle de la Force avec les princes et les princesses de Conti et de Bourbon-Vendôme, avec les ducs de Guise et d'Elbeuf, avec les Gonzague, autrefois ducs de Nevers, devenus ducs de Mantoue?

Quoi qu'il en soit, ce sentiment, s'il a existé chez l'auteur, ne s'est trahi par aucun anachronisme. Chacun est resté dans son rôle et a conservé son caractère. Mlle de la Force est demeurée dans une mesure parfaite : elle n'a rien exagéré, rien amoindri ; c'est le ton et le langage de la conversation de l'époque ; tout y semble naturel et sans prétention. C'était la mode alors de se livrer à des jeux qui exerçaient l'esprit ; l'imagination dans les cercles précieux et galants se sentait stimulée par ces sortes de divertissements ; on y trouvait l'occasion de briller et de dévoiler ses sentiments par des allusions tout à la fois ingénieuses et délicates ; le bel esprit s'associait au bel amour.

L'auteur nous représente différents jeux sur chacun desquels nous dirons quelques mots. Avant d'en parler, je suis tenté de lui reprocher d'en avoir omis deux qui étaient fort en vogue dans la société de la duchesse du Maine, mais peut-être les a-t-il considérés comme d'une origine trop moderne pour les attribuer à une époque déjà si éloignée. Le premier, dans lequel excellait Mlle de la Force, s'appelait *les mots donnés* : on donnait à une ou à plusieurs personnes un certain nombre de mots pour un récit, pour une lettre ou pour un voyage, c'est-à-dire qu'on écrivait un récit en vers ou en prose, une lettre ou un voyage; il fallait y faire figurer ces mots dans l'ordre où ils étaient donnés, sans qu'il résultât de cette obligation aucune contrainte dans le sujet, aucune gêne dans la .forme.

L'autre jeu était une loterie où chacun tirait l'indication d'une tâche qui lui était imposée : l'un un sonnet, l'autre un madrigal, un troisième une chanson, un quatrième un rondeau, etc.

Pour en revenir aux jeux d'esprit qui divertirent la petite société du château d'Eu, on joua successivement :

Le *pour et le contre*, d'autant plus piquant que la même personne était obligée

de soutenir deux thèses contraires sur le
même sujet ;

Le *jeu du songe*, où sous la forme d'une
interprétation on pouvait dire au rêveur ou
à la rêveuse toutes les folies imaginables,
pourvu seulement qu'elles eussent une ap-
parence de raison ;

Le *jeu du courrier*, où l'on était obligé
d'improviser des lettres ou de répondre sur-
le-champ à celles que l'on vous apportait ;

Le *jeu des métamorphoses*, où l'on devait
raconter l'histoire du premier objet placé
sous les yeux, en supposant qu'il n'était
devenu tel que par suite d'une métamorphose ;

Le *jeu de la pensée*, où il s'agissait de penser mentalement à quelque chose, et d'a-
dresser à tout le monde ces trois questions :

A quoi comparez-vous ma pensée ?

Que lui donnez-vous ?

Où la logez-vous ?

Après avoir recueilli les réponses, on fai-
sait connaître l'objet pensé et l'on priait
chacun de vouloir bien expliquer ce qu'il

avait répondu ; cela donnait lieu aux équi-
voques les plus bizarres et aux quiproquo
les plus divertissants.

Enfin le *jeu du roman*. La manière de jouer
ce jeu était de choisir un sujet historique
sur lequel on composait un roman en commun, c'est-à-dire que chacun y contribuait
pour sa part, se trouvant obligé de reprendre le récit là où l'avait laissé celui qui l'in-
terpellait.

Il est inutile de dire que c'est le jeu sur
lequel Mlle de la Force s'étend davantage,
elle se retrouvait sur son terrain. Le sujet du
roman est emprunté au règne de Philippe-
Auguste. Naturellement, les narrateurs parlent un peu trop comme les hôtes du château d'Eu ; quant à la fidélité des faits
historiques, nous renvoyons nos lecteurs à la
préface de Mlle de la Force.

PREFACE DE L'AUTEUR

J'ai écrit, pour me divertir, de pures imaginations. J'ai cru qu'on me pardonneroit d'y mettre des noms augustes ou aimés, parce qu'ils plaisent et qu'ils atachent davantage.

De tout ce qu'il y a dans ce roman de traits d'histoire, voici les seuls qui soient vrais :

Le mariage de Philippe de Valois avec Blanche de Navarre, qui étoit destinée à son fils ;

Celui du Duc de Normandie avec la Duchesse de Bourgogne.

Le Comte de Flandre se sauva, comme je le marque, en trompant à la lettre Édouard et les Flamands, et se maria à la fille du Duc de Brabant.

Dom Charles d'Espagne se maria aussi à la fille du Comte de Blois, et mourut enfin par la haine et la méchanceté du Roy de Navarre.

Les diverses circonstances dont j'ai acompagné les faits et tout le reste de ce que contient ce livre ne sont précisément qu'une fable.

C'est un avis que je me suis crue obligée de donner ici pour éviter un défaut trop commun depuis quelques années parmi certains écrivains qui, mêlant la vérité avec des fictions, peuvent surprendre les lecteurs qui ne sont pas versez dans l'histoire.

LES JEUX D'ESPRIT

A Cour étoit si ocupée par les afaires, les intrigues et le plaisir durant la Régence de Marie de Médicis, que ce ne fut que quelque tems après qu'elle eut fini que Mme la Princesse de Conty ayant obtenu de la Reine, dont elle étoit passionnément aimée, la permission d'aler passer trois semaines à la ville d'Eu, elle proposa à quelques personnes qu'elle aimoit de faire ce petit voyage avec elle. La Princesse Henriette, légitimée de France, fille de Henry le Grand, voulut être de la partie. Mme la Duchesse de Nevers et Mme d'Ornane, le Duc de Guise, le Comte de la Rochefoucauld et le Marquis de Créqui les

acompagnèrent et, quelques jours après, le galant
Bassompierre et le Duc d'Elbeuf furent les y trouver.

La chasse, la promenade, la belle conversation,
la musique et les vers les ocupoient agréablement,
et un soir que toutes ces personnes étoient sur une
terrasse dont la vue s'étendoit sur la mer :

— Je comprens, dit Mme la Princesse de Conty,
qu'on peut vivre avec agrément sans être à la Cour,
et je passerois volontiers ma vie dans un lieu
comme celui-ci, et avec une aussi bonne Compagnie.

— Je consens de n'en repartir jamais, reprit
Bassompierre, et, quelque libertin qu'on m'acuse
d'être, je pourrois me fixer ici, si l'on le vouloit.

— Nous n'y serions pas longtems dans cette
paix qui nous en rend le séjour si plein de charmes,
lui répondit Mme de Nevers en riant ; toutes les
Maîtresses que vous avez à Paris viendroient nous
assiéger ; vous nous coûteriez autant à garder que
la belle Hélène coûta aux Troyens, mais je ne sçais,
de l'humeur dont vous êtes, si la guerre seroit bien
longue.

— Tout ce que je puis faire, dit le Duc de Guise,
c'est de m'offrir d'être votre Hector.

— Et toutes ses belles Maîtresses, reprit Mme la
Princesse de Conty, vaudroient autant d'Achilles.
Elles seroient bientôt victorieuses.

— Hé ! de grâce, Madame, répliqua Bassompierre,
traitez-moi plus humainement ; ne poussons point

la raillerie jusqu'à la comparaison des tems héroïques. Jouissons de celui qui est si doux et si
charmant; il vaut bien l'autre ; nous y voyons des
beautez qui pourroient peut-être défigurer celle
d'Hélène, et je crois qu'en galanterie nous valons
bien leurs Héros.

— Songeons donc à demeurer ici, reprit la
Rochefoucauld, et sans nous mettre beaucoup en
peine ni de la Cour du vieux Priam, ni de celle du
jeune Louis, donnons tous nos soins à divertir cette
divine Princesse, acheva-t-il en regardant Mme la
Princesse de Conty.

— Je voudrois, répartit-elle, faire un divertissement tout nouveau des divertissemens les plus
communs, en un mot de ce que nous apelons les
jeux. Il n'y a pas un de nous qui ne s'y soit amusé
mille fois en son enfance, mais je voudrois que
dans ces jeux il y eut de l'esprit et du plaisir.
Tant il est vrai qu'on peut ennoblir les choses les
plus simples et les rendre en même tems instruc-
tives et agréables.

— Mais encore, Madame, interrompit vivement
la Princesse Henriette qui étoit jeune et gaie, faites
nous entendre comment vous disposeriez de ces
jeux-là.

— J'ai grande impatience d'en voir l'économie,
dit le Marquis de Créqui, et comment, par exemple,
la Princesse nous pourroit faire quelque chose d'a-
gréable du *pour et contre*.

— Je m'en tirerai mieux que du *pourquoi-parce-que*, reprit-elle, et voici la manière dont je m'y prendray : écrivons quatre ou cinq mots sur lesquels on puisse parler ; mettons-les dans cette boîte de la Chine que voilà sur cette table, mettons-y des billets blancs ; qu'il y en ait des uns et des autres autant que nous sommes de personnes, et tirons au sort.

La chose s'exécuta comme Mme la Princesse de Conty l'avoit dite. Ces billets étant brouillez, elle commanda au Marquis de Créqui de tirer le premier. Il eut l'*Amour* ; le Duc d'Elbeuf un billet blanc ; Mme de Nevers en eut un aussi. Mme la Princesse de Conty eut l'*Ambition* ; la Rochefoucauld la *Vanité*, et Bassompierre l'*Avarice*.

Le reste des billets blancs fut pour les autres.

— Parlons selon nos rangs, dit Mme la Princesse de Conty, c'est au Marquis de Créqui à commencer, et pour rendre ce jeu plus vif, il ne faut pas avoir le loisir de penser à ce qu'on va dire et il faut prendre d'abord la parole sans hésiter.

— Voici une étrange épreuve pour ma vivacité, reprit Créqui en souriant, mais n'importe, hazardons ma gloire ; la gloire d'obéir promptement me servira de quelque mérite.

Après cela il parla de cette sorte :

LE POUR ET LE CONTRE

———

POUR L'AMOUR

« Cette passion a régné dès le commencement du
monde, et elle durera tant qu'il y aura des hommes
sur la terre. Les jeunes cœurs ont toutes les dispositions qui les portent à l'Amour, les vieillards n'en
sont pas exempts ; les sages , les philosophes ont
aimé ; en un mot, l'Amour est l'âme de l'univers.
Y a-t-il quelqu'un qui ignore cet état charmant où
l'on se trouve au commencement d'une passion ?
Cette agitation tendre qui nous émeut ; le désir
qu'on a de voir la personne aimée ; le trouble et
la joye qu'on ressent quand on la trouve quelque
part ? Ne se souvient-on pas encore comme son
image dominante remplit toute l'étendue de nos
pensées ? Rien peut-il égaler la douceur qui se rencontre dans l'union des cœurs ? Quelle satisfaction
ne ressent-on point dans un commerce fidelle que
rien ne sçauroit rompre ? Enfin je suis persuadé

qu'un amant heureux et délicat préfère les biens qu'il tire de son Amour à tous les autres biens, et pour preuve de ce que je dis, on n'a qu'à voir avec quelle gloire ce même Amour triomphe des cœurs et des libertez, par les beaux yeux qui nous éclairent présentement, et n'avoüera-t-on pas que qui en ressentiroit les feux aimeroit mieux une si belle servitude que d'être libre et de régner? »

Le Marquis de Créqui se tût, et Mme de Nevers, voyant qu'il n'avoit plus rien à dire :

— Voilà une belle loüange de l'Amour, lui dit-elle ; il n'est pas étonnant que vous ayez si bien parlé d'un Dieu qui vous a tant favorisé, mais je suis dans un grand embarras pour vous de ce que vous alez dire contre.

— J'en ai aussi étrangement, Madame, lui répondit-il ; je suis naturel, j'ai parlé suivant mes véritables sentimens, mais, dans ce qu'on m'a prescrit ensuite, je parlerai loin de ma pensée et je serai obligé de me servir de ce que disent les critiques et les ennemis de l'Amour.

— Il y aura plus de plaisir à vous entendre, reprit Mme la Princesse de Conty, et il sera plaisant de voir un homme fait comme vous dire tous les maux de l'Amour, à quoi le jeu vous oblige.

— Courage ! mon pauvre Créqui, lui dit Bassompierre, ne l'épargnez pas ; il mérite bien qu'on médise de lui, car il ne nous donne ses faveurs précieuses qu'après de trop grandes peines.

.

— Eh ! bien donc, répliqua Créqui, je vais dire ce que je pourrai.

Il reprit ainsi :

CONTRE L'AMOUR

« Ceux qui ont dit que l'Amour étoit né du chaos ont eu une grande raison, c'est un Dieu de confusion. Quels maux ne fait-il pas aux humains ? Son venin cruel ataque les cœurs, et souvent leur cause une mort funeste. Si l'on considère ses efets depuis l'origine du monde jusqu'à présent, de quoi ne le trouve-t-on pas coupable ? Il a renversé l'Empire de l'Asie. Les beaux yeux de Cléopâtre alumèrent une guerre qui la fit périr elle-même avec le plus florissant Royaume de l'Orient. Alexandre vainqueur céda à ses captives. Quels Rois, quels Guerriers, quels Héros n'ont pas terni leur gloire et leur réputation par des faiblesses d'Amour ? Il divise les amis, les familles, les États. Les jalousies, les fureurs, les infidélitez sont ses tourmens ordinaires. Il se nourrit de soupirs et de larmes. Il promet, il séduit, il trompe. Il nous montre des chemins couverts de roses qui cachent des abîmes. Enfin, si l'on faisoit une recherche exacte, et que l'on pût examiner la cause de tous les événemens, on trouveroit que l'Amour en est le principe et

qu'il est la source de tous les malheurs qui acompagnent la vie. »

— Eh ! comment avez-vous parlé comme vous
venez de le faire ? s'écria le Duc de Guise ; quelle
rapidité ! quelle véhémence ! quelle éloquence !

Grand Dieu ! n'êtes-vous plus bien ensemble,
l'Amour et vous ? Que vous a-t-il fait ? On ne sçauroit
le traiter plus mal.

— Je l'admire, continua le Duc d'Elbeuf, et je
suis trop heureux de n'avoir eu qu'un billet blanc,
car si j'eusse été condamné à parler, j'aurois pu le
faire tant bien que mal pour ou contre un sujet ;
mais de combatre et de détruire moi-même ce que
j'aurois soutenu, je confesse que je ne l'aurois pas
sçu faire. Je crois que le jeu auroit été aussi joli,
si un autre eût contredit ce qui auroit été loué.

— Il auroit sans doute été très-agréable, lui répondit Mᵐᵉ la Princesse de Conty, mais comme il
est plus dificile de la façon que nous le jouons, je
le crois aussi plus divertissant.

— Voyons donc, Madame, lui répondit Mᵐᵉ d'Ornane, ce que vous alez dire, et les charmes et les
dégoûts que vous nous alez faire voir dans une
passion que j'avoue ne m'être pas indiférente.

— Hé bien ! Madame, reprit la Princesse, je vais
vous satisfaire.

Et voici comme elle parla :

POUR L'AMBITION

« Je crois que personne ne doute que l'Ambition
ne soit le caractère des grandes âmes. Un lâche, un
homme sans esprit n'en sçauroit seulement concevoir l'idée. Cette belle passion a fait les Conqué-
rans. Cyrus, Alexandre, César se seroient con-
tentez de l'état dans lequel ils étoient nez s'ils n'en
eussent pas été possédez. On me dira peut-être que
c'étoit la gloire qui les faisoit agir et qui les ani-
moit ! Non, leur Ambition s'étoit déguisée sous ce
nom-là. La Gloire et l'Ambition ont leurs droits sé-
parez ; j'en pourois faire des distinctions justes
et délicates. On a souvent de la Gloire sans Ambition, mais pour l'Ambition, c'est elle qui remue
tous les ressorts de l'esprit humain, pour lui faire
mettre en œuvre les beaux desseins qu'elle forme.
C'est par elle que des particuliers sont montez au
faîte des grandeurs. Elle conçoit, elle forme, elle
exécute, et tous les grands mouvemens qu'elle
cause nous possèdent avec plaisir. Cette passion
n'est pas même défendue aux personnes de mon
sexe. On vient de la voir dans toute son étendue
dans la conduite de la Reine Catherine de Médicis.
Quelqu'un a-t-il jamais comme elle manié des afaires épineuses avec tant d'habileté ; et qui pouroit
tenir le gouvernail avec plus de jugement dans

une mer toujours orageuse? C'étoit l'Ambition qui la faisoit agir, et c'est l'Ambition enfin que je crois digne de posséder entièrement un cœur généreux. »

— Ah! Madame, parlez incessamment, s'écria Mme d'Ornane, quand elle vit que la Princesse avoit fini son discours ; pourquoi vous taisez-vous? Que vous avez agréablement flaté mes sentimens! Pourez-vous dire quelque chose de contraire?

— Quoique la Princesse aye de l'esprit pour tout ce qu'elle veut, reprit la Rochefoucauld, et quoi qu'elle nous puisse dire ensuite, je serai pour ce que je viens d'entendre.

— Je suis comme vous, lui répartit le Duc de Guise, et je veux si peu changer que j'ai presque envie de ne l'écouter plus.

— On ne peut assez l'entendre, poursuivit Bassompierre, admirons-la en ce qu'elle va dire, comme nous avons fait en ce qu'elle a dit.

— Mais c'est le moyen de me faire taire, répliqua cette Princesse, que de parler avec tant d'exagération de ce qui ne mérite aucune louange ; je me suis simplement exprimée comme je le devois faire.

— Vous l'avez fait avec tant de persuasion, lui dit Mme de Nevers, que je crois que vous m'alez faire devenir ambitieuse.

— Écoutons-la donc, puisqu'il la faut écouter, reprit le Duc de Guise ; je serois bien étonné si elle aloit éteindre ce mouvement dans mon cœur , et qu'elle me fît, non pas renoncer à l'Empire comme Dioclétien , mais qu'elle me fît aler planter des choux chez moi.

— Ah ! mon frère, répartit la Princesse en riant, je suis assez ambitieuse pour ne parler jamais si j'alois produire un efet si contraire à vos sentimens.

Après cela, tout le monde lui accordant un favorable silence, voici comme elle s'exprima :

CONTRE L'AMBITION

« Si l'Ambition a fait quelque heureux, elle a fait cent misérables ; elle ne réussit presque jamais, et l'on voit quelquefois que ceux qu'elle a élevez ont été précipitez ensuite par une chute terrible. Les ambitieux sont toujours tourmentez par leurs désirs insatiables , ou par les intrigues continuelles qu'ils forment. C'est de ceux-ci, entre tous les hommes, dont la Fortune aime à se jouer. Que de projets vains ! Que d'actions injustes ! Que d'entreprises téméraires ! L'Ambition, comme un tyran, veut avec violence tout ce qu'elle veut, et souvent elle ne se satisfait que par la perte de l'innocence. En cet état, de combien de remords ne vous laisset-elle pas la proye ? Enfin , si quelque vertueux est

capable d'une belle Ambition, combien cette passion
fatale a-t-elle détruit de vertus ! »

— Je ne suis pas rendue, lui dit Mme d'Ornane,
voyant que Mme la Princesse de Conty ne parloit
plus ; je m'en tiens à ce que la Princesse a dit d'a-
bord en faveur de l'Ambition.

— Je crois que je suis comme vous, lui répondit
la Princesse Henriette, et quoique je ne sache pas
trop bien l'usage des passions, je penserois que
l'Ambition seroit la plus noble de toutes.

— C'est sans doute celle qui nous conduit à de
plus grandes choses, reprit le Marquis de Créqui, et
pourvu qu'on y aille par de belles voyes, elle ne
sçauroit être blâmable.

— On ne peut donc condamner un jeune homme,
dit le Duc d'Elbeuf, qui auroit assez d'Ambition
pour s'élever jusqu'à une belle personne à qui il
voudroit consacrer ses adorations et sa vie.

En disant ces paroles, il jeta un regard sur la
Princesse Henriette, qui rougit extraordinairement.

— Ce sentiment n'est point blâmable, reprit
Mme de Nevers en souriant, mais je croirois qu'il
viendroit aussi tôt de l'Amour que de l'Ambition.

— Taisons-nous, interrompit Mme la Princesse de
Conty pour soulager l'embarras de la jeune Princesse Henriette. L'Ambition est presque toujours
accompagnée de la Vanité ; voyons-la dans la peinture agréable que le Comte de la Rochefoucauld
nous en va faire.

— Je vais donc la soutenir, reprit-il, pour obéir
à vos ordres.

Et voici comme il parla :

POUR LA VANITÉ

« La véritable signification de la Vanité n'est point
mauvaise ; mais souvent on prend la présomption,
l'orgueil et l'audace pour elle.

La Vanité peut être prise modestement de l'origine
d'un sang illustre, de la grandeur de ses aïeuls : on en
peut avoir sur le choix de ses amis ; on en peut
faire paroître en haïssant les actions basses. Une
belle personne en a d'ordinaire pour les charmes
de sa beauté et pour le nombre de ses conquêtes ;
et je crois que c'est aussi la plus excusable des
Vanitez. »

— Vous voyez, Madame, poursuivit la Rochefoucauld, après avoir fait une pause, pour faire
voir qu'il n'avoit plus rien à dire sur ce sujet, que
je sçais mal parler d'une chose que je n'ai jamais
sentie et que je ne comprens presque pas.

— Vous êtes louable, lui répondit Mme la Princesse
de Conty, de ne l'avoir pas plus exagérée ; car,
selon moi, il est difficile d'en bien parler ; elle est
incessamment suivie d'un ridicule qui lui est inséparable.

— Je vous assure, Madame, reprit la Princesse Henriette, qu'elle a pourtant quelque chose d'assez joli, et je l'ai sentie avec plaisir, quand on a trouvé quelquefois que je dansois bien, ou que je faisois quelque chose mieux que les autres filles de mon âge.

— Si elle peut jamais être souferte, répondit Mme d'Ornane, c'est en cette rencontre, et en une belle Princesse de la jeunesse dont vous êtes.

— Qui trouve en sa personne, poursuivit le Duc d'Elbeuf, mille agréables sujets de Vanité.

— Je ne tombe pas d'accord de ce que vous dites, lui répondit-elle; mais j'ai assez de Vanité pour assurer que je me sçais fort bien connoître.

— J'ai été quelquefois comme la Princesse Henriette, dit le Duc de Guise; j'ai senti, je l'avoue, quelqu'atteinte de la Vanité, et il y en a de certaines qui sont tout à fait de mon goût. En efet, poursuivit-il, qui n'aimeroit celle de cette grande Reine, qui éleva des murs si prodigieux, et dont la magnificence nous étonne encore?

— Vous n'auriez donc pas haï de faire comme ce Roi d'Égypte, reprit le Marquis de Créqui, qui plantoit des Colonnes dans tous les pays qu'il avoit conquis?

—Non, répartit le Duc de Guise, j'aime ces grands monumens, et je serois bien aise d'instruire la Postérité de ce que j'aurois été. Je ne trouve rien de si cruel que de mourir tout entier, pour ainsi dire, et je voudrois, du moins, que quelques paroles sur mon tombeau fissent passer mon nom chez nos neveux.

— Je suis tout à fait du sentiment du Prince, poursuivit Mme d'Ornane, et je meurs de peur de mourir sans qu'un simple petit marbre fasse voir qui j'ai été.

On rit de ce qu'elle avoit dit, et Bassompierre s'adressant au Duc de Guise :

— Mais aprouvez-vous, lui dit-il, la Vanité d'Alexandre, qui le portoit à vouloir passer pour le fils d'un Dieu, et qui vouloit persuader qu'il étoit Dieu lui-même ?

— Il avoit de l'esprit, reprit le Duc ; il croyoit, par cette idée qu'il donnoit de lui, rendre ses soldats invincibles.

— Mais que dites-vous, répliqua Bassompierre, de ces armes si grandes qu'il laissa dans toutes les Indes ? Croyoit-il que les grands courages se trouvoient plus aisément dans les hommes de haute stature ?

— Il se fût fait tort à lui-même, interrompit le Marquis de Créqui, car il étoit de taille médiocre.

— Et d'une figure si peu avantageuse, reprit Mme d'Ornane, que ces mêmes Indiens dont vous parlez furent très-étonnez de le voir avec si peu l'aparence d'un héros.

— Que pensez-vous, leur dit la Rochefoucauld,

de ces gens qui tirent Vanité de tout : de la somp-
tuosité de leurs bâtimens, de la magnificence de
leurs écuries, de l'abondance de leur table ?

— Je dis, reprit Bassompierre, que c'est une Vanité fastueuse. J'aimerois une belle maison, seulement pour avoir le plaisir d'y recevoir mes amis ;
de beaux chevaux pour la guerre et pour la chasse ;
une table délicate et propre pour le plaisir de la
bonne chère et de la société.

— Insensiblement, reprit Mme la Princesse de
Conty, nous dirons une partie des choses que le
Comte de la Rochefoucauld devroit dire ; laissons-le
parler pour ne pas interrompre le cours du jeu.

Il le fit de cette sorte :

CONTRE LA VANITÉ

« De quelque manière qu'on ait de la Vanité,
elle ne sied point. A mon sens, elle n'a que de la
petitesse et qui ne se montre jamais sans extrava-
gance. A quels excès n'a-t-elle point porté des
hommes qui auroient été véritablement grands sans
elle ? Je trouve même que dans les guerriers elle
a une sorte de brutalité ; je suis fâché de m'être
aperçu que les philosophes l'avoient presque tous
au suprême degré, et il n'est pas jusqu'au pauvre

Diogène que j'en trouve tout boufi dans son ton-
neau. La Vanité jette un homme dans un trop grand
oubli de lui-même, et pour vouloir s'élever avec
audace il devient abject et méprisé. Y a-t-il rien,
au contraire, de plus estimable que la modération
et la modestie? Et puisqu'on peut se servir d'exem-
ples, y eut-il jamais rien de plus éloigné de la
Vanité que Henry le Grand? Quel autre Héros a fait
des actions plus éclatantes? Quel Vainqueur a fait
de plus illustres conquêtes? Quel Roi fut jamais si
doux, si simple, si familier et si éloigné de tout ce
qu'on apelle Ostentation et Vanité? Il faut donc
la considérer comme quelque chose d'insuportable, et qu'on ne sçauroit voir sans être blessé
d'indignation. »

Le Comte de la Rochefoucauld ayant cessé de
parler, Mme la Princesse de Conty prit vivement la
parole :

— Il paroît bien que vous nous avez fait voir
vos véritables sentimens, reprit-elle, et vous avez
exprimé les miens; aussi ce que vous avez remarqué du feu Roi a été admirablement placé; il haïssoit la Vanité plus qu'homme du monde, témoin
les brillantes réparties qu'il fit à dom Pedro de
Tolède, dont il sçut rabatre l'orgueil et la Vanité
de la nation, lorsqu'il passa par la France pour
aler aux Pays-Bas. Ce Prince possédoit presque
toutes les vertus, et je suis assurée qu'il sera dans
l'avenir le Modèle de tous les Rois; je ne pense à

2

sa mémoire qu'avec respect ; il recevra le même hommage de ceux qui viendront après nous.

— On m'excusera donc, reprit la Princesse Henriette, si j'ai de la Vanité de devoir la naissance à un si grand Roi, et quand on devroit me condamner, cette Vanité me sera toujours précieuse.

— Non, belle Princesse, non, lui dit Mme de Nevers, on ne vous en blâmera point, on la peut soufrir en cette occasion. Mais voici le rang de l'Avarice, comment se poura-t-il faire que le plus magnifique et le plus libéral de tous les hommes puisse parler à son avantage ?

— Vous me faites trop d'honneur, Madame, lui répartit Bassompierre, de me donner des titres si pleins de Vanité ; mais il est certain que je suis un peu empêché de faire l'éloge d'une chose tout à fait hors de ma connoissance.

— En efet, répartit Mme la Princesse de Conty, que poura-t-il dire ? Le sort du jeu est tombé en de mauvaises mains : on ne peut raconter tout ce qu'il a fait de noble en sa vie. Je me souviens toujours avec plaisir de la proposition qu'il fit à un Grand d'Espagne de lui donner mille écus par mois pour l'obliger de venir en France à cause d'une afaire désagréable qu'il avoit en son pays. Ne diroit-on pas que c'est un Roi qui exerce sa Magnificence et qui fait paroître sa Libéralité ?

— Parlons aussi, continua Mme d'Ornane, de cet habit superbe en broderie de perles qu'il ne mit qu'un jour, au baptême d'une Fille de France, et qui lui coûta quarante-deux mille livres.

— Bon, reprit Mᵐᵉ de Nevers, peut-on nombrer ce qu'il a fait de dépenses?

— Mais vous ne songez pas, leur dit-il, que vous me jetez tout à fait hors de mon sujet; je suis déjà assez embarrassé. Un homme qui ne connoît pas le prix de l'or ne sçait pas trop bien comment il en doit faire l'idole de son avare. Je me trouve très-dérangé, permettez-moi de me recueillir un moment.

Il fut, en efet, un peu de tems sans rien dire, et après il reprit ainsi la parole :

POUR L'AVARICE

« Je commence à m'apercevoir d'un agrément dans l'Avarice que je n'avois jamais imaginé. Elle remplit tout un cœur aussi bien que la plus noble passion. Un avare aime son or avec tendresse; il ne le voit jamais assez : il le contemple avec ravissement; il ne s'en veut point défaire; il a peur de le perdre; il y pense quand il ne le voit pas; il l'adore en un mot. Quel amant eut jamais des sentimens plus vifs pour sa maîtresse? Un avare est donc heureux; l'Avarice a donc des charmes : on possède ce qu'on aime, on le voit, on l'a, on en jouit à tout moment.

L'Avarice est donc le plus grand de tous les biens. »

Bassompierre parla avec impétuosité, et finit plus promptement qu'on ne l'auroit voulu.

— Vous êtes incomparable, lui dit Mme de Nevers, et je vous avoue que je ne hais point tant votre avare par la comparaison que vous en avez faite avec un amant passionné.

— Ainsi, l'esprit sert à nous tirer d'afaire, reprit le Duc d'Elbeuf; une mauvaise cause paroît toujours bonne quand elle est soutenue par un bon orateur. Voilà la première fois que l'Avarice a eu un tel panégyriste.

— Il ne sera pas étonnant qu'il parle bien contre elle, poursuivit Mme la Princesse de Conty.

— Je vais me hâter de finir, répartit Bassompierre. Cette manière de parler en public me pèse, et quoique nos discours ne soient pas tout à fait académiciens, ils ne laissent pas de m'embarrasser,

Il dit tout cela en riant, et poursuivit de cette sorte :

CONTRE L'AVARICE

« Je suis persuadé qu'on ne sçauroit être honnête homme et avare tout ensemble. L'Avarice corrompt toutes les vertus, et il n'est pas possible que la politesse paroisse jamais dans un avare. Les occasions de dépenses ne servent qu'à le couvrir de confusion. Un grand Empereur autrefois ternit l'éclat de sa vie par cet horrible vice qui, se trouvant aussi dans un Capitaine de l'armée d'Alexandre, fut puni et servit à faire briller le courage de la vertueuse Thimoclée. L'Avarice a toujours flétri la réputation de ceux qui en ont été tachez. L'Histoire, au contraire, parle avec éloge de ceux qui ont possédé la vertu qui lui est oposée. Un Général d'armée qui ne payera pas ses soldats sera mal servi. Un Roi qui oprimeroit ses peuples pour remplir son trésor ne seroit pas aimé, et un amant qui donneroit son cœur et qui refuseroit son bien à sa maîtresse seroit un amant qui ne mériteroit pas d'être soufert. L'Avarice a encore un endroit terrible : elle fait faire des actions basses ; elle avilit tous les sentimens ; on ne la doit regarder que comme une chose afreuse et qui ne peut jamais être reçue dans une âme noble. »

— On ne peut que vous aplaudir, lui dit le Duc de Guise, voyant qu'il avoit cessé de parler ; la libéralité et la magnificence ont fait éclater dans tous les tems les personnes qui en ont été remplies, je me rapelle toujours avec satisfaction la splendeur de Cléopâtre, qui donnoit des banquets si délicieux à Marc-Anthoine. Peut-on rien imaginer de plus aimable que la vie qu'ils menoient ?

— N'avoit-on pas nommé la petite compagnie qu'ils avoient choisie la Société inimitable? reprit Mme d'Ornane.

— Ouy, répartit Créqui, ils se traitoient tour à tour, les uns les autres, et il y avoit des prix pour ceux qui avoient inventé des mets nouveaux.

— Cette adroite Égyptienne connoissoit bien l'humeur d'Anthoine, poursuivit Mme la Princesse de Conty; son esprit et ses manières servirent autant que sa beauté à le retenir dans ce long et tendre engagement qu'il conserva pour elle jusques dans les horreurs de la mort.

— Que dites-vous, Madame, des festins, des jardins et de toute la magnificence de Lucullus? reprit le Comte de la Rochefoucauld; les Rois ne pouroient rien faire de plus splendide.

— Je l'aime tout à fait, interrompit la Princesse Henriette, parce qu'on m'a dit qu'il fit venir le premier des cerises à Rome, qui ont depuis passé dans le reste de l'Europe.

— Il est vrai, reprit Bassompierre en riant, et un Avare n'auroit jamais pensé à vous donner ce fruit que vous aimez tant.

— Mais on ne parle pas d'Alcibiade, poursuivit le Marquis de Créqui, qui, après avoir régalé ses amis, envoyoit chez eux tout ce qu'ils avoient trouvé de plus rare et de plus superbe chez lui.

— C'est un des plus Grands Hommes de l'antiquité, répartit Mme de Nevers; je ne pardonne point sa mort aux Athéniens, ni toute l'injustice dont ils le persécutèrent durant sa vie.

— Mais ne trouvez-vous pas, reprit Mᵐᵉ d'Ornane, que le jeu que la Princesse a si bien conduit est devenu un divertissement très-agréable ?

— Il n'y a donc qu'à penser à en chercher encore quatre ou cinq, répartit le Duc de Guise, pour le reste du tems que nous devons être à Eu.

— Nous en ferons quelqu'un chaque soirée, reprit Mᵐᵉ la Princesse de Conty ; celui-ci nous a conduit assez tard, alons nous coucher. Il faut nous lever matin pour dîner de bonne heure, afin d'aler ensuite à la chasse.

Après ces paroles, la compagnie se sépara, et chacun se retira dans son apartement.

Le lendemain, la journée étant belle, le plaisir de la chasse fut charmant. Quand ces Illustres Personnes furent délassées, qu'elles eurent joui quelque tems de la promenade, et qu'après le souper elles furent passées sur cette terrasse agréable qui régnoit sur la mer :

— Nous voici dans la même disposition en laquelle nous étions hyer au soir, dit Mᵐᵉ de Nevers ; il ne reste plus qu'à sçavoir quel jeu on nous proposera. On en nomma quelques-uns, et comme la dificulté fut de les jouer agréablement :

— Mais si nous joüyons aux Songes, reprit Bassompierre ; j'imagine qu'il y peut avoir beaucoup d'esprit.

— Expliquez-nous donc, lui dit Mme la Princesse de Conty, la manière dont vous l'entendez, et donnez-nous votre idée afin que nous la suivions.

— Je veux, poursuivit Bassompierre, qu'on fasse un Songe et qu'on prie quelqu'un de l'expliquer.

— A ce que je vois, interrompit Mme de Nevers, l'explication sera plus dificile que le Songe; car, dans le Songe, on peut dire tout ce qui se présente sans arrangement et sans suite; mais je comprens que l'explication doit être fine, délicate et malicieuse, si l'on veut.

— C'est justement, Madame, ce que j'avois pensé, répliqua Bassompierre, et vous voyez bien qu'on peut cacher de grandes véritez sous des figures agréables. Je prétens donc, poursuivit-il, que chacun de nous songera à son tour, et avec règle; mais, pour les explications, on s'adressera à qui on voudra, et plusieurs fois à la même personne, si la fantaisie en prend. Le premier qui commencera à songer apellera une autre personne pour faire un songe après lui, et en même tems il en priera une autre de lui expliquer celui qu'il fera : voilà comme ce jeu se doit pratiquer.

— Commencez-le donc, reprit Mme la Princesse de Conty.

— Je vous obéirai, Madame, lui dit-il, et vous me ferez l'honneur de me l'expliquer, et Mme de Nevers songera, s'il lui plaît, après moi.

Tout le monde s'étant assis, il parla de cette sorte :

LE JEU DU SONGE

—

SONGE

« Pressé d'un sommeil extraordinaire, je m'étois agréablement endormi, quand, après ces premières vapeurs qui ne montrent à l'esprit qu'un embrouillement confus de choses diférentes, il m'a semblé être dans un grand Bois coupé par de belles routes, mais qui, faisant le même efet qu'un Labyrinthe, ne m'offroit aucune issue pour en sortir. Ces détours ne m'ont point déplu, et, trouvant un Ruisseau agréable, je me suis couché sur ses bords, et je commençois à cueillir des Fleurs dont la rive étoit couverte, quand une Tourterelle blanche comme un lys est venue en volant se reposer doucement sur moi, s'est jouée avec mes cheveux et a pris pour sa nourriture les fleurs que je lui ai données. Cet aimable Oyseau m'a charmé par sa douceur; je l'ai mis dans mon sein. Mais en même tems les plus beaux Oyseaux du monde, tous de diférens plumages, sont venus fondre sur moi. Je me suis aperçu, parmi toute cette compagnie, que je n'avois plus mon aimable Tourterelle ; je l'ai regrettée, et je voulois, sans le pouvoir, me défaire de tous ces Oyseaux, quand, tournant la tête, j'ai vu un brillant éclat de lumière qui m'a ébloui. J'ai suivi cette clarté avec un plaisir extrême. Dans le fort de ce plaisir, je me suis éveillé. »

Quand Bassompierre eut cessé de parler, Mme la Princesse de Conty prit ainsi la parole :

EXPLICATION

« Votre Songe est si clair qu'il ne faut pas être un interprète fort habile pour vous en dire la signification. Ce Bois, coupé par tant de routes où vous avez cru être, représente la Cour où vous êtes toujours. Ce Ruisseau vous a offert une image de votre inconstance naturelle ; ces Fleurs que ces eaux arrosent sont les agrémens que vous avez trouvez dans cette même inconstance. Qui ne voit, comme moi, que cette blanche Tourterelle n'est autre qu'une Maîtresse que tout le monde sçait que vous avez tant aimée, et qui n'a eu que trop de douceurs pour vous ? Vous la nourrissiez de fleurs et d'autres choses aussi frivoles ; elle a reposé avec peu d'assurance dans votre sein. Tous ces beaux Oyseaux qui sont venus vers vous sont toutes les beautez diférentes

qui ont chassé cette Maîtresse de votre cœur ; vous
ne l'avez plus trouvée, et vous avez voulu vous
défaire de tous ces Oyseaux, c'est-à-dire de tant
d'attachemens diférens. Vous avez vu une Lumière
qui vous a ébloui : ce sera quelque belle Personne
qui fixera cette humeur volage ; vous aurez du
plaisir à l'aimer, et ce plaisir durera le reste de
votre vie. »

— Ah ! Madame, s'écria le Duc de Guise, quand
Mme la Princesse de Conty eut cessé de parler, que
vous êtes une ravissante personne ! Vous nous avez
dit en deux mots toute la vie galante du Comte de
Bassompierre ; je trouve ce jeu très-amusant, et si
plusieurs personnes qui ne s'aimeroient pas, comme
on en voit assez, étoient assemblées pour jouer à ce
jeu, on pouroit dire des choses bien fines que
l'explication fourniroit en la tournant comme on
voudroit.

— Il est vrai, dit le Marquis de Créqui, et quand
Mme la Princesse de Conty sera retournée à la Cour,
si elle fait faire ce jeu par des personnes que nous
connoissons tous, on aura bien du plaisir.

— Je m'y prépare, répartit cette Princesse, et,
cependant, c'est à Mme de Nevers à apeler quelqu'un.

— J'apelle la Princesse Henriette, répondit-elle,
et le Duc de Guise m'expliquera ce que je m'en vais
rêver.

Après cela, elle continua ainsi :

SONGE

« Il m'a semblé que j'étois à la Comédie, où j'ai vu mille choses confuses, et de tems en tems un des acteurs me venoit présenter une cassolette dont il sortoit une odeur très-agréable. Ce spectacle fini, j'ai passé dans le Cabinet de la Reine; j'ai ouvert une fenêtre, et regardant le Ciel, une Étoile s'en est détachée et s'est venue poser sur mon front; j'ai eu un si grand étonnement que je me suis réveillée. »

Mme de Nevers ayant fini son Songe, le Duc de Guise lui parla ainsi :

EXPLICATION

« La Comédie où vous avez cru être, Madame, vous a ramené une idée du passé et de tout ce que vous avez vu ces derniers tems de la Régence. L'Acteur qui vous présentoit ces odeurs agréables est un Amant d'éclat qui ne cachera point avec assez de discrétion l'encens qu'il osera vous offrir. Vous vous êtes trouvée dans le Cabinet de la Reine; vous y êtes si souvent que cette partie de votre songe ne signifie rien. Mais ce Ciel, cette Étoile qui s'en détache et se pose sur votre front veulent dire de grandes choses : c'est une Couronne qui viendra se mettre sur votre tête, lorsque vous vous y attendrez le moins. »

Ainsi le Duc de Guise, ne croyant que badiner, prédit ce qui devoit arriver un jour, puisque Mme de Nevers fut Souveraine de Mantoue ; mais pour lors on n'écouta ce qu'il disoit que comme une chose agréable et flateuse qu'il avoit prétendu lui dire.

— Vous voyez bien, reprit-elle, qu'on tourne les choses comme on le veut, puisque le Duc fait entrer une Couronne imaginaire dans l'explication qu'il vient de me donner.

— Eh ! ne sçavez-vous pas, lui répondit Mme la Princesse de Conty en riant, que les paroles des Grands Hommes sont des paroles de grand poids ?

Un Empereur, en frappant sur l'épaule d'un enfant, lui prédit l'Empire ; ainsi nous devons croire que celles du Prince ne seront ni vaines ni sans efet.

— Mais que dites-vous, reprit Mme de Nevers, d'une chanson qu'une Princesse Grecque chantoit pour endormir le petit Paléologue, son frère ? J'en trouve l'histoire singulière.

— Ah ! Madame, dites-la, je vous prie, lui dit la Princesse Henriette.

— Je le veux bien, reprit-elle; que ne feroit-on pas pour vous plaire?

— Michel Paléologue étoit, comme vous le voyez par ce nom, d'un sang très-illustre; son père étoit un Grand Seigneur qui vivoit sous l'Empire de Théodore Lascaris. Étant encore enfant, il étoit vif et mutin, et l'on avoit toutes les peines du monde à l'endormir. On avoit beau lui chanter toutes ces sortes de choses dont on endort d'ordinaire les autres enfans, il crioit comme un petit désespéré, jusqu'à ce que sa sœur lui chantât une certaine chanson de ce tems-là, qui commençoit par ces mots : *Courage, Empereur de Constantinople, tu y feras ton entrée par la Porte dorée, et l'on t'y verra faire des Merveilles.* A ces mots, il devenoit paisible et s'endormoit fort doucement, comme il auroit pu faire au chant d'une Sirène.

Cette chanson, cependant, chantée dans la seule vue de faire reposer cet enfant, lui présagea l'Empire, et le lia depuis d'une grande amitié pour cette Princesse qu'il considéra extrêmement quand il fut Empereur.

— Le bien lui venoit agréablement. Madame, reprit la Princesse Henriette, quand elle vit que Mme de Nevers n'avoit plus rien à dire : c'étoit en dormant, comme l'on dit.

— Il est certain, reprit le Comte de la Rochefoucauld, que le hazard fait dire des choses qui ont souvent une admirable signification dans l'avenir;

mais voyons pour le présent ce que voudra dire la Princesse Henriette.

— Elle dira bien tout ce qu'elle pensera, répondit Mme la Princesse de Conty.

— Oh ! Madame, lui dit-elle, je suis dans une agitation étrange; depuis que je vois que je dois parler, je ne sçais par où commencer; dites-moi deux petits mots, je vous en conjure, continua-t-elle en se penchant vers elle, et la caressant d'une manière flateuse.

— Ma belle Princesse, lui répondit-elle, vous avez tant d'esprit que vous pouvez vous expliquer en assurance; je réponds pour vous. Alez, n'hésitez pas : voyons un peu vos agréables rêveries.

— Eh bien ! Madame, répartit la jeune Princesse, sortons de ce mauvais pas, puisqu'il le faut; j'apelle Mme d'Ornane pour faire un Songe après moi, et le Duc de Guise m'expliquera le mien.

— A ce que je vois, lui répondit-il, je ne suis pas sans afaires; parlez, aimable Princesse, peut-être que j'aurai aussi quelque chose de bon à vous prédire.

La Princesse, se voyant pressée, prit la parole de cette sorte; mais ce ne fut pas sans se couvrir tout le visage de ce modeste coloris qui sied si bien aux jeunes personnes :

SONGE

« Je croyois être à Monceaux, où j'ai été élevée, et il m'a semblé qu'étant dans le parc, j'ai couru avec de jeunes filles comme moi, et qu'étant lasse, j'ai voulu m'apuyer contre un Arbre qui s'est entr'ouvert aussitôt, et je me suis sentie presser entre son écorce, de manière que je ne pouvois plus m'arracher de là. J'étois fort en peine, quand j'ai vu pendre du Ciel une Chaîne d'or; je me suis un peu soulevée pour y ateindre, et après quelque efort, j'en ai saisi le premier anneau, et je me suis sentie enlever insensiblement d'une façon fort douce; mais quand j'ai été un peu haut et que j'ai baissé les yeux vers la terre, j'ai eu peur de tomber, et cette peur m'a réveillée en sursaut. »

— Eh bien ! s'écria Mme la Princesse de Conty, n'est-ce pas le plus joli Songe du monde ? Quelle imagination vive et brillante ! Quel arrangement de pensées ! On voit déjà autant d'ordre que de feu dans son esprit !

Tout le monde aplaudit à ce que Mme la Princesse de Conty disoit, et on loua de tant de manières la jeune princesse que sa modestie en fut embarrassée, ce qui lui attira encore mille louanges;

de sorte que pour les faire finir, elle suplia le Duc
de Guise de lui expliquer son songe.

— J'en ai autant d'impatience que vous, reprit-il;
voici comme je l'explique :

EXPLICATION

« Je n'ai pas toujours des Couronnes à annoncer,
mais dans votre songe vous trouverez un Amant
au lieu d'une Couronne : on aime quelquefois
autant l'un que l'autre. Monceaux vous a fait revoir
une image des passe-tems que vous y avez eus ; il
vous a semblé de courir, vous le faites encore
volontiers quelquefois, mais vous vous êtes lassée.
N'est-ce pas que vous commencez à quitter les
plaisirs de l'enfance ? Et vos beaux yeux qui ont
déjà tant de charmes pénètrent tout et vont jusqu'aux
cœurs, comme votre personne s'est trouvée jusqu'à
celui de cet Arbre qui vous a retenue. Ce désir
d'en sortir marque un Amant qui n'en aura que
pour vous; cette Chaîne qui descend du Ciel est
celle du Mariage qui vous unira avec ce tendre
Amant : elle est d'or, c'est-à-dire qu'elle ne vous
sera qu'agréable et précieuse pour cet heureux
Époux. Le Ciel où elle est atachée vous fait voir le
Roy et la Reyne qui veulent cette union et qui, vous
élevant en haut, vous font connoître par là que

3

leur amitié pour vous rendra votre vie pleine de félicité. »

Le Duc de Guise parloit ainsi librement, parce que le mariage de cette Princesse étoit arrêté avec le Duc d'Elbeuf, son cousin. La chose étoit sçuë, et toute cette belle Compagnie aprouva l'explication qu'il venoit de faire. La Princesse Henriette baissa les yeux de pudeur, et le Duc d'Elbeuf, la regardant d'une manière passionnée :

— Le Duc de Guise ose prédire mon bonheur, aimable Princesse, lui dit-il ; il sera parfait si vous y consentez, la volonté du Roy et celle de la Reyne ne sçauroit le faire si la vôtre m'est contraire.

La Princesse lui dit en souriant à demi qu'elle avoit déjà donné des marques de son obéissance, et qu'ainsi il n'étoit pas nécessaire de s'expliquer davantage. Après cela, Mme d'Ornane, le Duc d'Elbeuf, le Comte de la Rochefoucauld, le Marquis de Crequi, Mme la Princesse de Conty et le Duc de Guise rêvèrent à leur tour, firent des songes spirituels, et les ingénieuses interprétations qu'on y donnoit faisoient connoître presque toute l'intrigue de la Cour, et leur fournirent un agréable sujet de pousser la conversation jusqu'à bien avant dans la nuit. Ils se séparèrent enfin, et chacun tâcha de trouver un repos qui ne fut pas égal pour tous.

LE JEU DU COURRIER

Le lendemain fut presque tout employé aux préparatifs d'une belle Comédie, que les Domestiques de Mme la Princesse de Conty jouèrent avant le soupé, après lequel cette illustre Compagnie passa sur la terrasse, comme elle avoit acoutumé de le faire ; et l'on ne sçavoit pas trop bien quel jeu on choisiroit pour le divertissement de ce soir là, quand on vit arriver un homme que le Duc de Guise avoit envoyé à la Cour. Il leur porta à tous des lettres ; ce fut pour eux une ocupation agréable de les lire, et après s'être fait part des nouvelles et s'en être entretenus sufisamment :

— Ne croyez-vous pas, dit le Marquis de Crequi, puisque nous sommes en train de lire des lettres, que le jeu du Courrier seroit très-amusant ?

— Oüy, mais qui voudroit être le Courrier ? reprit Mme d'Ornane ; c'est une afaire épouventable.

— Il faut que chacun le soit à son tour, sans pouvoir s'en dispenser, répliqua Mme la Princesse de Conty, et le Marquis de Crequi commencera, s'il lui plaist, puisqu'il nous en a donné l'idée.

Le Marquis de Crequi se leva à cet ordre, et après avoir été un moment apuyé sur la balustrade qui donnoit du côté de la mer, il revint et parla ainsi :

— Je viens de Fontainebleau, où la Cour est présentement. Je l'ai laissée ocupée dans de grands plaisirs ; mais comme ceux qui aiment véritablement songent toujours à ceux qu'ils aiment, et que rien ne les distrait, les absens ne sont pas oubliez.

Voici les marques que je leur en porte. Cette lettre s'adresse à Mme d'Ornane ; elle est du Duc de Bellegarde :

LETTRE

« Tout le monde se divertit ici sans songer que le principal ornement de la Cour y manque ; mais moi qui le sçais et qui le sens, je suis toujours de pensée à Eu. Je regarde avec pitié ceux qui peuvent ne pas regreter votre absence ; je considère avec envie ceux qui sont auprès de vous, et je vous assûre que je ne pourrai vivre si votre retour n'est aussi prompt que je le désire. »

— Voila une lettre où je n'ai que la moindre part,

dit Mme d'Ornane; les Princesses prendront pour elles ce qu'il y a de flateur, et je vois même que la politesse du Duc de Bellegarde veut s'étendre sur ses amis; il sçait en peu de mots obliger toute la bonne Compagnie qui est ici, et cette manière d'écrire est également honnête et galante.

— Il est vrai, répliqua Mme la Princesse de Conty; j'ai grande envie que nous voyons une lettre d'un autre stile.

— Celle-ci, lui répondit le Marquis de Crequi, s'adresse à vous, Madame; elle est de la Duchesse de Roannez :

LETTRE

« Je suis triste, parce que je vous aime; je ne sçaurois prendre de plaisir à rien, parce que je ne vous vois pas.

« L'intrigue de l'ambition est devenue plus furieuse et plus adroite que jamais, mais aussi plus embrouillée et plus changeante. L'intérest a fait et défait des amitiez.

« Léonore [1] possède toujours la Reyne, et vou-

---

[1] Léonore Galigaï, épouse de Concini, maréchal d'Ancre, femme de chambre et favorite de la Reine, fut condamnée comme sorcière après la mort de son mari, en 1617.

droit détruire celles qui lui donnent de la jalousie.
On ne parle que de la beauté de la jeune Montbazon[1]. Le duc de Mont-morenci s'enfonce dans
une grande passion. Saint-Luc a brisé ses chaînes.
Mme de Rochefort en use à peu près comme les
coquetes font, qui ne pensent qu'à ce qu'elles
voyent. J'aurai mille choses à vous dire quand je
vous reverrai. Venez, belle Princesse, par votre
présence, dissiper les ténèbres qui nous environ-
nent; venez nous redonner de beaux jours. »

— Je voudrois que cette lettre servît de modèle
à toutes les lettres de Nouvelles, reprit Mme la
Princesse de Conty, quand le Marquis de Crequi
eut achevé de dire celle-là. C'est de la sorte que
des amis doivent s'écrire, simplement, d'un ton
noble et aisé, où l'on voit que la confiance est entière et où le cœur a tant de part.

— Je m'en retourne sur-le-champ, Madame,
répliqua le galant Courrier, par la honte que j'ai
que des louanges si précieuses soient si peu méri-
tées.

— Nous avons fait arrêter les chevaux, interrompit le Duc de Guise, en riant.

---

[1] Marie de Rohan, née en 1600, fille d'Hercule de
Rohan, duc de Montbazon, et de Madeleine de Lenon-
court; elle épousa en 1617 Charles d'Albert, duc de
Luynes, pair et connétable de France.

— Eh bien ! donc, achevons la distribution, reprit le Marquis de Crequi; cette lettre est pour le Duc de Guise ; elle est sans seing, je ne sçai qui l'a écrite.

LETTRE

« Le séjour d'Eu doit être incomparable. Il n'est bruit que de la vie charmante qu'on y mène ; mais je dois vous dire aussi que Fontainebleau est plus aimable cette année qu'il ne l'a jamais été. En mon particulier, je ne m'y suis jamais si bien divertie.

« Il y a une grande galanterie, chacun y cherche à plaire. On se voit à tout moment, et quand on se sépare, les désirs ne vont qu'à se retrouver. Jugez si les plaisirs que nous avons ne sont pas aussi agréables que les vôtres. »

— Ah ! mon frère, s'écria Mme la Princesse de Conty, je crois reconnoître ce stile : le Marquis est inimitable.

— Je pense aussi ne me pas tromper, dit Mme de Nevers.

— Nous y sommes tous à peu près, reprit Bassompierre ; et autrefois cette Lettre m'auroit un peu intéressé : la rougeur du Prince me le fait bien voir.

. . Crequi a pris absolument le tour d'esprit de cette Dame ; on ne peut pas mieux peindre un dépit vif qui se cache sous une feinte indiférence, et c'est si fort le caractère de cette personne, que peut-être a-t-elle écrit dans ce sens-là au Duc.

En cet endroit, ce Prince ne put s'empêcher de faire un grand éclat de rire, et, s'approchant de la Princesse sa sœur, il lui dit tout bas que Bassompierre étoit aussi surprenant que Crequi, l'un pour deviner, l'autre pour représenter si bien le caractère de cette personne, qu'il étoit vrai qu'il en venoit de recevoir une Lettre toute semblable à celle qu'on avoit dite.

La Princesse fut étonnée d'un si grand hazard. Il la lui fit voir après qu'il l'eut tirée à l'écart du reste de la Compagnie ; elle en rit beaucoup avec lui, et, se rapprochant, elle demanda pardon d'avoir un peu interrompu le jeu. Après cela, le Marquis de Crequi donna des lettres à tout le monde, et quand il falut faire les réponses, il les fit par rang, et commença par celle de Mme d'Ornane au grand Écuyer.

RÉPONSE

« Il est d'un homme sensible et délicat comme vous êtes de ne vous pas divertir loin de la fleur de vos amis ; je crois aussi que nous serions tous, ici, plus gais si vous partagiez nos plaisirs. Vivez d'espérance, vous nous verrez bien tost. »

— Je suis très-contente de la manière dont vous me faites répondre, dit Mme d'Ornane au Marquis de Crequi, et je serois très-heureuse si dans quelques occasions vous vouliez bien me servir de secrétaire.

— Je crois que je n'écrirai pas moins bien que vous, reprit Mme la Princesse de Conty; je vous prie, écoutez la réponse que je fais à Mme la Duchesse de Roannez.

— Ce jeu me fait une loi dificile à exécuter, Madame, lui répondit le Marquis de Crequi; il y a de la témérité d'avoir entrepris de la suivre; mais enfin, continua-t-il d'une manière respectueuse, je ne suis pas le premier Icare.

RÉPONSE

« Ce que vous me mandez de tendre a été jusqu'à mon cœur; vous sçavez que ce qui vient de vous a pour moi le charme de plaire.

« Les sentimens d'amour et d'ambition qui agitent la Cour ne me surprennent point; ces deux Passions sont maintenant en règne; j'aurai bien du plaisir à vous entendre; personne ne parle comme vous:

mais rien n'égalera la satisfaction que j'aurai de vous voir, parce que personne n'aime comme moi. »

— En vérité, dit Mme la Princesse de Conty, je pense que j'aurois dit les mêmes paroles.

— Ah ! Madame, que ces paroles sont belles ! reprit Bassompierre ; il faut autant qu'il est possible parler netement avec cette belle simplicité où peu de personnes peuvent ateindre. On ne peut trop éviter les grands mots dont tant de gens remplissent leurs lettres, et qui les embrouillent eux-mêmes dans des confusions épouventables.

— Mais que vais-je dire à cette piquante personne qui m'écrit si durement ? interrompit le Duc de Guise.

— Voici ce que vous lui répondez, répliqua le Marquis de Crequi :

RÉPONSE

« Il vous sied bien de parler comme vous le faites, continuez. Votre bel esprit s'est montré tout entier dans la vive peinture des plaisirs que vous ressentez loin des gens pour qui vous avez de l'indifférence ; moi je n'ai rien à vous dire de la vie que nous menons ici, mais, pour vous imiter, je ne vais songer qu'à me bien divertir. »

Le caractère brusque et impétueux du Duc de Guise étoit si bien marqué dans cette lettre, qu'on n'entendit, quand elle fut achevée, qu'un grand éclat de rire qui se rendit universel. Il fut contraint de rire lui-même et d'avouer qu'il étoit peint au naturel. Après cela, tout le reste de la compagnie arriva en Courier tour-à-tour, et ce furent les plus divertissantes Lettres du monde. La Princesse Henriette en fit aussi de très-jolies. On admira comme elle entroit dans l'esprit de tous les jeux.

— Je vous assure, dit Mme de Nevers, que rien ne fait plus de plaisir qu'une lettre bien écrite. Tout le monde écrit et peu de personnes sçavent comme il faut écrire; rien n'est plus nécessaire que d'avoir ce talent là. Je dis qu'il est nécessaire à toute sorte de gens, soit dans les afaires importantes, soit pour le commerce de la vie et pour les bagatelles même. En éfet, il est très-utile dans les négociateurs pour les relations qu'on est obligé de faire. Un Général d'armée doit sçavoir aussi bien écrire qu'un Ministre; un Cavalier, une Dame doivent s'exprimer aisément et d'une manière noble.

— Remercions les Phéniciens, reprit Crequi, qui ont inventé les lettres.

— Remercions qui il vous plaira, interrompit Mme d'Ornane; mais le Ciel ne pouvoit inspirer aux hommes rien de plus utile et de plus propre à leur satisfaction tout ensemble.

Je me souviens toujours d'un tems où je fus éloignée de la Cour; mes amis et mes connoissances eurent d'abord assez de soin de ne me laisser rien ignorer, et dans une solitude comme étoit la mienne je serois morte d'ennui sans le secours de leurs nouvelles; mais ils se relâchèrent en suite : on m'écrivit moins, et après on ne m'écrivit plus.

Une seule amie fut constante dans son exactitude; elle m'écrivoit régulièrement, me faisoit sçavoir tout ce qui se passoit, et ses Lettres étoient si spirituelles, si diversifiées et si pleines de tendresses, qu'elles seules firent toute ma consolation pendant un éloignement si fâcheux.

— Cette tendre amie, répartit Bassompierre, participoit à l'ascendant de ceux qui ont inventé nos lettres françoises; car vous sçavez, Madame, continua-t-il en s'adressant à Mme d'Ornanc, qu'on prétend que c'est un jeune Chasseur et une belle Nimphe qui s'aimoient, dont les parens étoient ennemis, et qui, en chassant, marquoient sur le sable, avec leur dard et leur cor, des figures qui servoient à se faire entendre les rendez-vous qu'ils se donnoient, et toutes les choses dont ils étoient convenus, et que ces mêmes figures ont formé ensuite les lettres de l'Alphabet.

— Je trouve cette origine plaisamment imaginée, répliqua Mme la Princesse de Conty, et si la chose n'est pas, on y a mis une certaine vraisemblance galante qui est fort ingénieuse; mais à qui que nous devions cette invention, l'usage en est très-nécessaire, et comme Mme d'Ornane vient de le dire, c'est la seule chose qui puisse faire du plaisir en l'absence. Le commerce des lettres, quand on écrit bien, peut extrêmement servir à lier les cœurs et à entretenir les amitiez.

— J'avoüe, reprit Bassompierre, que rien ne me plaist tant qu'une lettre d'une personne que j'aime, et que je ne puis exprimer le plaisir que j'ai seulement à la recevoir; en l'ouvrant je suis agité; je considère d'abord si elle est bien longue; je la parcours des yeux; je la lis après posément; je relis deux ou trois fois une pensée, une ligne, un mot; je multiplie ainsi mon plaisir, et je le fais durer autant que je le puis.

— Je mets ce plaisir presque au-dessus de tous les autres, poursuivit le Comte de la Rochefoucauld; c'est le plus sensible, le plus délicat après celui de la vüe.

— Mais quand on reçoit des lettres fières, pleines d'indiférence ou de dureté, répliqua le Duc de Guise, font-elles bien du plaisir?

— On vous écrit toujours, reprit Bassompierre; on a pensé à vous en vous écrivant; tant qu'on vous parle, on a dessein de vous parler longtems; quand on ne vous veut plus parler, on ne vous l'écrit guères : toutes les actions, toute la conduite le disent assez. En un mot, je croirai toujours qu'une afaire dure tant qu'on écrit, quand les lettres seroient pleines de reproches, de menaces et, si vous le voulez, d'injures.

— Le Comte de Bassompierre parle en grand Maître de ces choses-là, reprit Mᵐᵉ la Princesse de Conty, en se levant; je crois aussi que les Cavaliers ne seront pas d'un contraire sentiment au sien, et qu'ils ne rejeteront jamais ses maximes.

Après cela, les Princesses se retirèrent, et chacun s'ala reposer.

LE JEU DES MÉTAMORPHOSES

Une partie du jour suivant fut employée à entendre une excellente musique que le Duc d'Elbeuf donnoit à la Princesse Henriette; elle fut acompagnée d'une espèce de petite feste sur la Mer, et la soirée fut destinée à joüer un nouveau jeu comme on avoit fait les précédentes.

— Je veux vous ocuper ce soir, dit Mme la Princesse de Conty, dès qu'elle fut passée sur cette charmante terrasse, où la Lune éclairoit alors et jetoit un éclat d'un sombre lumineux qui avoit une beauté si particulière, qu'elle ne cédoit qu'à peine à celle d'un beau Soleil couchant; c'est moi qui prétens vous amuser, poursuivit cette Princesse; je n'ai pu dormir la nuit passée, j'ai inventé un jeu.

A peine eut-elle achevé de parler, que toutes ces Illustres Personnes témoignèrent une grande curiosité, et parlèrent presque toutes à la fois pour marquer leur empressement de sçavoir un jeu qui devoit être bien spirituel.

— Il le sera en éfet, poursuivit-elle, quand on le joüera; mais il n'y a pas beaucoup d'esprit à l'avoir pensé. Je vais vous le faire entendre dans deux mots : c'est le jeu des Métamorphoses; on le joüera de rang. On demandera à quelqu'un ce qu'aura été la première chose qu'on aura devant les yeux ou dans l'imagination, et sur cela on dira une petite Histoire où l'on fera voir un raport et quelque propriété entre ce qu'aura été la chose dont l'on parlera et ce qu'elle est maintenant.

— Je comprens tout-à-fait ce que dit la Princesse, reprit Mᵐᵉ d'Ornane, et rien ne sera plus agréable que ce jeu, s'il est bien joüé comme la Princesse me le fait entendre.

Tout le monde en convint, on y aplaudit extrêmement, et l'on pria Mᵐᵉ la Princesse de Conty de le commencer.

— Il est juste, reprit-elle; il n'y a qu'à sçavoir ce que l'on me va demander.

—Je voudrois bien que vous nous dissiez, Madame, reprit le Duc d'Elbeuf, ce qu'a été ce Diamant brillant que la Princesse Henriette porte à son col ?

— Eh bien! mon cousin, il faut vous satisfaire, lui répondit Mᵐᵉ la Princesse de Conty.

Elle commença en ces termes :

MÉTAMORPHOSE

« Il naquit autrefois, dans une Isle peu habitée,
une jeune fille excellente en beauté, élevée avec
peu de soin et d'une manière assez grossière par
ceux qui l'avoient fait naître. La Renommée de
sa beauté atira des curieux dans les lieux où elle
étoit. Une personne habile la polit et la façonna.
On la mena à la Cour ; elle y parut avec éclat : tout
éblouissoit en elle. Brillante et vive par son humeur,
son esprit et ses yeux, elle eut plusieurs Amans
sans en pouvoir aimer aucun : elle fut insensible et
dure. Un plus amoureux que les autres fit cent
eforts pour la posséder. Rien ne la toucha ; de sorte
que ce misérable se laissa tellement aller à la douleur qu'il en mourut, et pria les Dieux de vanger
sa mort. Il fut exaucé ; cette Inhumaine fut aussitost
changée en Diamant brillant. Vous voyez qu'elle
conserve encore la même dureté et la même beauté.
Elle lance autant de feux qu'elle en aluma, et son
sort est tel que Diamant, il ne peut être qu'à une
Insensible, et sur le sein d'une Belle aussi charmante comme elle le fut autrefois. »

— Ah ! Madame, que je vais aimer mon Diamant !
reprit la jeune Princesse, quand elle vid que Mme la

Princesse de Conty avoit achevé de parler; mais je ne suis ni si belle ni si farouche; je sens avec plaisir que je suis pénétrée d'un tendre respect pour vous, et vous sçavez aussi que je suis sensible à l'amitié que vous voulez bien avoir pour moi.

— Ce jeu est tout-à-fait spirituel, poursuivit Bassompierre; la Métamorphose que Mme la Princesse de Conty vient de faire est remplie de régularité, et je la trouve si belle que je crois qu'Ovide auroit eu quelque jalousie de l'entendre.

— Vous me faites trop d'honneur, interrompit-elle; qui dit trop ne dit rien. L'exagération outrée ne se reçoit point; rien n'égalera jamais Ovide. La belle Antiquité n'a rien qui l'aproche; dans son genre, il s'est fait une route toute particulière, où personne n'ira que lui, et, selon moi, son génie étoit incomparable.

— Je l'aime à tel point, Madame, reprit Bassompierre, que je vous avoüerai que j'en hais Auguste, qui, d'ailleurs, est un Prince excellent. Je ne puis souffrir sa rigueur dans l'exil d'Ovide, et Ovide me fait une telle pitié dans ces belles lettres qu'il écrit du Pont à ses amis, que j'en ai souvent été jusqu'à répandre des pleurs, et surtout dans sa troisième Élégie, où il fait une si belle et si touchante description de son départ de Rome.

— Il est vrai, dit Mme la Princesse de Conty, et ce qui m'irrite davantage dans la cruauté d'Auguste, c'est qu'on remarque qu'Ovide l'aime malgré le traitement qu'il lui fait.

— Ah! je ne lui pardonne point les loüanges continuelles qu'il lui donne, répliqua le Marquis de Créqui; il y a de la bassesse à dire perpétuellement du bien de son persécuteur.

— Je voudrois, continua la Rochefoucauld, un peu plus de noblesse et de fermeté dans le malheur d'Ovide.

— Eh! mon Dieu, mettons-nous à sa place, répliqua Bassompierre, et nous serons plus foibles encore; les hommes sont hommes : il s'est peint lui-même au naturel et fait voir à ses amis toute l'étenduë de sa peine. Avez-vous bien parcouru, comme je l'ai fait par imagination, cet horrible Pays des Getes; je frémis encore de la peinture qu'il en fait, et pour bien se représenter ce que c'est que de finir ses jours dans ce lieu barbare, il faut se ressouvenir quel étoit Ovide. Il étoit de qualité, bien fait, spirituel et galant, et si heureux qu'il y a peu de bonne fortune qui lui soit échapée. Il a fait les Délices de la Cour la plus belle et la plus polie de l'Univers, et au milieu de tant de Délices, le caprice ou la jalousie de César le relègue dans un Climat afreux et parmi des Sauvages.

— Mais César avoit-il tant de tort? reprit Mᵐᵉ de Nevers, et si nous examinions bien les afaires secrètes de la Cour d'Auguste, ne trouverions-nous

pas Ovide assez coupable pour avoir mérité d'être
puni ? Car, enfin, continua-t-elle, il prenoit souvent
des objets de ses galanteries dans la Famille d'Auguste, et ce ne sont point celles qu'il eut avec Julie
qui causèrent son malheur.

— Vous êtes bien instruite, Madame, lui répondit
Bassompierre ; s'il s'en fût tenu à la Fille de l'Empereur, Auguste lui auroit pardonné ; mais il ne fut
pas si docile pour ce qui regardoit sa Femme.
L'Impératrice n'avoit que des dehors de vertu et de
sévérité ; tout le monde sçait qu'elle étoit ambitieuse, et où la porta l'Ambition pour être Mère
aussi bien que Femme d'un Empereur ; mais on ne
sçait pas qu'elle fut galante, et la plus rafinée en
galanterie qui fut jamais. Elle eut avec Ovide une
longue intrigue dont le secret avoit été impénétrable jusqu'au moment fatal où l'Empereur découvrit une vérité si funeste pour lui. La grandeur,
l'adresse et la beauté de l'esprit de Livie étonnèrent,
engagèrent et charmèrent tout à fait Ovide. Remar-
quez-vous comme il parle en toutes les occasions,
dans son *Art d'aimer*, à la louange des femmes qui
ne sont plus dans la première jeunesse ? Ce n'étoit
pas trop ménager Julie, qui étoit jeune, ni lui faire
trop bien sa Cour.

— Vous nous parlez avec autant d'assurance
du particulier de la Cour d'Auguste qu'Agripa ou
Mécenas l'auroient sçu faire, répliqua Mme la Prin-

cesse de Conty; mais si ce que vous dites est vrai,
pourquoi cet exil de Julie?

— Elle étoit si coquete, répartit Bassompierre,
que l'Empereur fut bien aise de l'éloigner d'un
séjour comme étoit celui de Rome, et sa prudence
et son adresse a peut-être été plus grande en cette
conduite que dans tout le reste de sa vie, puisqu'il
tint par là tous les yeux atachez sur sa fille, qui,
d'ailleurs, ne s'étoit pas trop ménagée, et que personne ou peu n'ont eu aucun soupçon de sa
femme.

— J'ai presque envie de croire tout ce que vous
nous dites, reprit Mme d'Ornane, tant j'y trouve de
vraisemblance.

— Bien des gens sont de cette opinion, Madame,
lui dit le Comte de la Rochefoucauld; ceux qui ont
voulu étudier la Cour d'Auguste et qui en ont fine-
ment dévelopé toute l'intrigue sont de ce sentiment, et après tout, il falloit bien que César fût
piqué par un endroit sensible, puisqu'il traitoit si
durement un homme qu'il avoit tant estimé, un
homme d'un si grand mérite, et pour qui toute la
Cour lui parla si inutilement.

— Ovide donnera toujours du plaisir, soit par
ses Ouvrages, ou soit qu'on parle de lui, interrompit le Duc de Guise, et vous voyez qu'il nous ravit
insensiblement celui que le jeu nous promettoit;
on n'y songe plus; des *Métamorphoses*, nous

sommes passez à leur auteur, et de sa personne à
ses amours.

— Ce qu'on nous en a dit, reprit Mme la Princesse de Conty, est si curieux que je le préfère à
tous les jeux du monde ; mais pour vous punir de
nous faire ressouvenir de notre première ocupation,
vous aurez la bonté de nous dire ce qu'a été cette
Boucle d'or qui tient votre ceinturon.

—Je mérite la peine qu'on m'impose, s'écria-t-il ;
je suis mal préparé, je ne ferois aussi peut-être pas
mieux si j'avois plus de tems, c'est pourquoi je
vais vous satisfaire comme je pourrai :

METAMORPHOSE

« Il y eut autrefois dans une même Cité deux
jeunes personnes de sexe diférent, qui firent l'un et
l'autre les désirs et l'admiration de ceux qui les
virent et de ceux qui en entendirent parler. Ils
étoient tous deux nés de mariages fort inégaux ; on
se mésallioit dans ce tems-là comme on le fait
maintenant.

Les pères étoient fort Illustres et les mères
étoient des Héritières qui avoient des possessions
d'une grande richesse, mais qui sortoient de la
poussière. Les deux Personnes dont je parle furent

bientost ravies à leurs parens; elles se lièrent
d'amitié dès qu'elles se virent, et se jurèrent de
s'aimer toujours. Que ne fit-on point pour les séparer? Toutes les épreuves où on les mit ne servirent qu'à rendre leur vertu plus pure et leur
fermeté plus parfaite; enfin, après bien des tourmens, elles furent heureuses, et les Dieux, touchez
d'une si grande fidélité, les changèrent en cette
Boucle pour les en récompenser. L'or vient comme
elles de la terre, où le Soleil le produit. Que ne
fait-on pas pour le posséder? A combien d'épreuves
ne le met-on point pour connoître sa bonté et pour
l'épurer? Vous vous apercevez bien qu'en tout il
y a un grand raport avec l'avanture de ces heureux
Amans qui sont encore, comme vous le voyez, unis
ensemble, et qui ne peuvent jamais être qu'au plus
loyal de tous les Amans. »

On rit un peu aux dernières paroles du Duc de
Guise : ses amours n'étoient pas bien constantes.
C'étoit la mode alors, comme elle est maintenant,
de n'aimer pas longtems en même endroit.

— Ah! mon frère, s'écria Mme la Princesse de
Conty, je sçais si cette Boucle est aussi bien
placée que vous le dites, et si ces Amans fidelles
ne murmurent pas quelquefois de toute la légèreté
dont ils sont les témoins.

— Vous m'insultez, reprit-il, et si, par hazard,
on vous alloit croire, vous donneriez une belle

opinion de moi à ceux qui vous écoutent ; il ne faut point juger sur les aparences.

Les Dieux en sçavent plus que les hommes, vous le voyez par le Destin qu'ils ont fait à cette Boucle.

— Je n'eusse jamais soupçonné qu'elle dût être si précieuse, lui dit le Marquis de Crequi ; vous avez dit positivement la seule chose qu'on pouvoit dire, et vous l'avez dit très-spirituellement.

— Je ne sçais comme j'ai fait, repartit-il, mais j'ai grande impatience d'entendre parler tout le monde, et comme je crois que je suis en droit de questionner, je voudrois bien que Mme d'Ornane nous dît ce qu'a été sa Mule de chambre, dont je vois le petit bout.

Elle se prit à rire en retirant son pied.

— Votre curiosité est de plus de conséquence que vous ne croyez, lui répondit-elle ; laissez-moi rapeller mes idées, vous aprendrez de grandes choses. Et après avoir tenu quelque tems la teste enchée dans sa main, elle prit ainsi la parole avec une promtitude extraordinaire :

MÉTAMORPHOSE

« Je ne sçaurois me souvenir dans quel Royaume de la Grèce naquit une Princesse fort mignone et

gentille ; elle chérissoit les afiquets et les nou-
veautez, quoiqu'elle fût quelquefois malpropre.
Elle aimoit beaucoup à aller et venir, son naturel
n'étant pas de demeurer en une plaee ; elle avoit
aussi des Sentimens fort bas, mais elle étoit promte
à rendre service. Elle eut une Compagne dont elle
fut inséparable et qui ne la quitoit point dans tous
ces voyages ; enfin, elle fut changée dans la suite
des tems en Mule de chambre, avec son amie qui
le fut aussi bien qu'elle ; de sorte qu'elles ne se
séparent point. Vous voyez que toutes les qualitez
que j'ai remarquées en elle sont toutes celles qu'ont
de jolies pantoufles, car elles ne peuvent pas empêcher que quelqu'ordure ne les gâte, et c'est la
Malpropreté que j'ai remarquée en mon Héroïne.
Mais je n'ai pas fini ses Avantures ; vous serez tous
surpris d'aprendre que cette pantoufle fut à la
fameuse Rodope, car, peu délicate, il ne lui impor-
toit à qui elle fut ; c'est donc cette Pantoufle célèbre
qu'un Aigle prit pendant que cette belle Coquete
se baignoit, et qui la porta à un Roi, qui fut si
charmé de ce joli bijou qu'il jura solemnellement
d'épouser celle à qui il apartenoit. Rodope se montra et obtint par sa beauté ce qu'il avoit promis à
l'agrément de sa chaussure.

Vous ne sçauriez comprendre eombien ces Mules
ont fait de pays et de maitresses depuis : des
Prudes les ont eues, des Roturières et des Reynes.
Après bien des pertes de tems, elles sont venuës

jusques à moi, et je pense que, suivant leur sort,
elles me quiteront bientost. »

—Ah! Madame, pourquoi finissez-vous de parler?
dit la Princesse Henriette, voyant que Mme d'Ornane
ne disoit plus rien ; vos Mules m'avoient toujours
plû ; gardez-les, je vous suplie ; ne vous défaites
point d'une chose si rare.

— Cette métamorphose m'a bien divertie, reprit
Mme la Princesse de Conty ; on ne peut rien trouver
de mieux imaginé.

— Nous sommes trop heureux, poursuivit Bassompierre, de ce que les Dieux, en changeant cette
Princesse si allante et venante, n'en firent pas la
chaussure des derniers Empereurs grecs. Elle étoit
de pourpre, et autres qu'eux et ceux de leur
famille ne la pouvoient porter. Si elle eut été destinée à ces Princes-là, nous n'aurions pas eu le
plaisir de la connoître, et elle ne seroit pas, comme
elle est, à un pied plus beau que tous les pieds des
Porphirogenettes.

Tout le monde rit de la saillie de Bassompierre,
et Mme d'Ornane comme les autres. Après cela,
chacun fit sa métamorphose telle qu'on lui en
marquoit le sujet. Ce jeu les réjouit extrêmement.

— Il n'y en a point de plus ingénieux, dit le
Marquis de Crequi, pour faire paroître tout l'esprit
et le beau feu de l'imagination. Repassez tout ce
qu'on a dit, rien ne se ressemble ; quelle variété

charmante! Je soutiens même qne ce jeu est tout à
fait nécessaire pour la jeunesse, et qu'il peut faire
avec utilité et agrément l'ocupation des gens sça-
vans et graves, comme celle des personnes moins
sçavantes.

— Tous les jeux que nous avons joüez, continua
Mme la Princesse de Conty, ont été spirituellement
joüez ; celui-ci n'a aucun avantage sur les autres :
les acteurs ont fait valoir la pièce. Il est tems de
nous retirer ; peut-être que nous trouverons pour
demain un jeu encore plus agréable.

Toute la Compagnie suivit Mme la Princesse de
Conty à sa chambre, après quoi chacun prit le repos
comme il pût.

LE JEU DE LA PENSÉE

Le lendemain fut employé à la pesche. On proposa, le soir, plusieurs jeux sans qu'on pût trouver la manière d'en faire un agréable divertissement.

— Je n'ose en dire un très-commun, dit la Princesse Henriette ; puisqu'on ne l'a point nommé, il faut qu'on le trouve indigne de nous ocuper.

— Peut-être sera-t-il le meilleur, ma belle Princesse, lui répondit Mme d'Ornane, quoiqu'il ne nous soit pas venu dans l'esprit.

— C'est *à quoi comparez-vous ma pensée*, répliqua la fille de Henry le Grand ; *que lui donnez-vous ? où la logez-vous ?*

— Voyons ce que nous en pourrons faire, reprit Mme la Princesse de Conty. Ce sera la Princesse Henriette qui pensera.

— Oh ! pour penser, je le voudrois bien, répliqua-t-elle, s'il ne falloit pas questionner.

— Prenez un aide, lui dit Mme la princesse de Conty ; aussi bien faut-il dire sa pensée à quelqu'un. Confiez la vôtre au Duc d'Elbeuf, il vous soulagera dans les raisons qu'il faut demander.

La jeune Princesse y consentit, et après avoir parlé bas au Prince, son amant, pour lui dire sa pensée, elle commença le jeu.

— A quoi comparez-vous ma pensée ? demanda la Princesse Henriette à Mme de Conty.

Elle lui répondit qu'elle la comparoit au Ciel, qu'elle lui donnoit l'Envie et la logeoit dans une Grote.

Après cela, la Princesse Henriette continua suivant qu'on étoit placé ; elle s'adressa au Comte de la Rochefoucauld, qui la compara aux Échecs ; il lui donna un Basilic et la logea dans une Piramide d'Égipte. Le Duc de Guise la compara à la Gresle, lui donna un Papillon et la logea dans le Sérail. Mme de Nevers la compara à la Mer, lui donna les Vents et la logea dans une Coquille. Le Marquis de Crequi la compara à une Rose, lui donna une Armée et la logea dans une Étoile. Mme d'Ornane la compara à un petit Fagot d'épines, lui donna des Mépris et la logea dans un Cœur corrompu. Bassompierre, enfin, la compara à un Loup, lui donna un Soupir et la logea sur l'Arc-en-Ciel.

La Princesse Henriette avoit afecté assez de

gravité pendant tous ces diférens sentimens. Le
Duc d'Elbeuf avoit ri à mesure qu'ils lui paroissoient
ridicules. La Princesse rit aussi à la fin de tout son
cœur, et se tournant vers lui :

— Demandez donc, lui dit-elle, pourquoi on a
dit tant de choses extravagantes sur les plus beaux
yeux du monde, sur les yeux de Mme la Princesse
de Conty, sur des yeux où je croyois qu'il y avoit
de si belles choses à dire.

— Ah! pourquoi preniez-vous ce sujet? reprit
cette charmante Princesse; je suis la première
empêchée à me tirer d'afaire.

J'ai comparé mes yeux au Ciel, si ce n'est pas à
un beau Ciel, il faut au moins qu'il soit serain et
tranquile, et qu'il n'en parte ni d'éclairs éfrayans,
ni de foudres mortels.

— Les Audacieux ne seront donc pas punis,
interrompit le Comte de Bassompierre, et ces beaux
yeux seront pour les fortunez un paradis de délices.

— Leur mouvement, comme celui du Ciel, répliqua-t-elle, sera plein de justice; leurs regards
sçauront punir ou récompenser. Je suis assez en
peine, continua cette Princesse, pourquoi je leur
ai donné de l'Envie, si ce n'est, dit-elle en se reprenant avec vivacité, celle de régner sur un cœur
fidelle.

— Celle-là est la plus aimable, dit Mme d'Ornane,

mais je crois qu'elle a été satisfaite. Il y a peu de
cœurs qui ayent été soumis à leur puissance, qui
se soient laissez échaper à une légèreté qui n'est
point connuë sous leur Empire.

— Je cours m'enfermer bien vite dans la grote
où je les ai logez, interrompit Mme la Princesse de
Conty, pour éviter la confusion que je prévois que
ce jeu me va donner. Je vous assûre, poursuivit-
elle, que l'habitation d'une grote ne me sera point
désagréable de la manière dont je voudrois l'orner:
je la rendrois aussi jolie que celle de Calipso, et,
sans être aussi tendre que cette Nimphe, je pourrois être aussi humaine et plus polie pour les Héros
que les naufrages où le sort conduiroient dans mon
désert.

— On oublieroit Pénélope auprès de vous, re-
partit le Marquis de Crequi ; point de retour à la
patrie ; on ne s'aviseroit pas de demander pour
faveur un vaisseau.

— Enfin, continua-t-elle, je voudrois faire de
cette grote un azile pour tous les malheureux, et
mes yeux pleurcroient leurs misères ; ainsi vous
voyez qu'ils y seroient bien logez.

— Le Comte de la Rochefoucauld nous dira
donc, reprit le Duc d'Elbeuf, pourquoi il les compare à un jeu d'Échecs.

— Je ne crois pas avoir rencontré de ma vie avec
plus de justesse, répondit-il ; la belle ordonnance de

ce jeu, et sa conduite dans cette guerre est toute
semblable à tant de regards divins qui font des
conquêtes sur toute sorte de gens, et qui captivent
les Roys après avoir pris les plus vils de leurs sujets.
Quelle seroit l'âme qui pourroit se défendre d'un
joug si impérieux et si agréable? Les Sages ne s'en
garantissent pas mieux que les Insensez.

— Mais pourquoi leur donnez-vous un Basilic?
dit la Princesse Henriette; ces beaux yeux ont-ils
besoin d'un tel compagnon dans une fonction qui
leur est si naturelle?

— Ah! reprit le Comte de la Rochefoucauld, c'est
pour faire voir que les regards de la Princesse
donnent bien une autre mort que ceux de ce
Monstre qui tuë pour tuer seulement, et les coups
qui partent de ces yeux adorables vous font mourir
dans la gloire et dans le plaisir.

— Pourquoi mettre ces beaux yeux dans une
Piramide d'Égipte? répliqua la jeune Princesse
qui s'égayoit dans la dificulté de ces questions.

— Je loge la Merveille d'un Siècle illustre, poursuivit-il, dans une des Merveilles des Siècles passez;
un Monument si rare ne s'est conservé, malgré
l'injure des temps, que pour servir à l'usage à quoi
je le destine.

— Je vois venir mon tour de parler avec une
grande inquiétude, s'écria le Duc de Guise; où
est-ce aussi que j'ai été prendre cette Gresle? Que
ferai-je d'une si étrange comparaison?

— Pourquoi de l'embarras? reprit Bassompierre; ce ravage terrible qu'elle fait presque toujours a bien du raport avec ce fracas inévitable que causent de beaux regards.

— Que je vous suis obligé! répartit le Duc; la pensée est charmante et même naturelle. Si de pauvres malheureux se laissent flater, après de longs travaux, par les doux regards de Mme la Princesse de Conty, des regards plus sévères viennent bientost les désabuser; de même, ceux qui ont formé par leurs soins l'espoir d'une belle moisson voyent dans un moment toute cette espérance renversée par une fatale Gresle. Je ne hais point tant ma comparaison, continua-t-il d'un air gai; je suis assez satisfait de ce qu'elle m'a fourni.

— Mais que ferez-vous du Papillon? lui demanda la Princesse Henriette.

— Venez encore à mon secours, Comte de Bassompierre, s'écria le Prince; mais non, reprit-il, je n'ai qu'à dire à la Princesse que c'est une belle morale que je lui présente : que ce Papillon, si varié dans ses couleurs et si étourdi dans sa conduite par le feu qu'il cherche toujours et où il se consume, est une figure de ces jeunes cœurs volages qui vont, sans choix et sans goût, à tout ce qu'ils trouvent de beau. Combien le feu de ses yeux a-t-il brûlé de ces indiscrets qui étoient peu dignes d'une mort si glorieuse! Mais la voici dans le Sérail, poursuivit-il en riant; je crois que le Grand Seigneur

5

me doit plus remercier qu'elle de l'avoir logée
dans ce lieu-là, et qu'il la trouvera toute propre à
en faire une Sultane favorite. Une si belle Françoise obscurcira terriblement ses Grecques et ses
Géorgiennes.

— Et vous, Madame, dit la Princesse Henriette à
Mme de Nevers, qu'alez-vous faire de la Mer?

— M'y jetter la teste la première, ma belle Princesse, lui répondit-elle; Aristote n'eut pas tant de
sujet de se perdre que moi. Je compare pourtant
ces beaux yeux à une Mer calme où les zéphirs se
joüent sur la surface des eaux; les amours de même
prennent leur plaisir dans ces beaux yeux; je les
compare à une Mer qui renferme dans son sein les
plus grandes richesses; ces beaux yeux peuvent
aussi faire toute la félicité des humains.

— Mais que feront-ils des Vents? reprit le Duc
d'Elbeuf, ces beaux yeux se boufiroient-ils comme
un Borée impétueux?

— Les Vents m'ont emportée un peu plus loin
que je ne l'aurois voulu, répliqua Mme de Nevers
d'une manière pleine d'un dépit agréable; recou-
sons-les donc dans la peau du bouc qu'Éole donna
à Ulisse, et qu'il n'en soit plus parlé, à moins que
nous ne les laissions échaper pour écarter, bien
loin de ces charmans regards, des personnes que
nous connoissons et qui les choquent quelquefois.

— Après ce que vous avez fait des Vents, répartit

le Duc d'Elbeuf, je ne désespère pas que vous ne logiez fort commodément ces beaux yeux dans une Coquille.

— J'y mettrai aussi toute la personne, continua Mme de Nevers, et ce sera dans cette belle Coquille qui fut le berceau de Vénus; j'y ferai faire un triomphe à la Princesse plus agréable que celui de la Mère des amours. Les Tritons, les Sirènes, les Dieux marins l'acompagneront, et ces beaux yeux porteront leurs feux redoutables dans le fonds de l'élément ennemi des flâmes.

— Et vous, Marquis de Créqui, que direz-vous de la comparaison de la Rose? lui dit le Duc d'Elbeuf.

— Je dirai qu'elle est la Reyne des fleurs et du printems, répondit-il, et que ces beaux yeux ont un Règne éclatant sur toutes les saisons, et sont les Maîtres de tous les cœurs qui respirent. Je leur donne une Armée, parce que les soldats qui auroient de tels chefs seroient invincibles, qu'éclairez par une si vive lumière, ils se rendroient vainqueurs de tous les peuples de l'Univers.

Si Mme de Nevers les a logez dans le berceau de Vénus, je les logerai mieux dans son Étoile. Ainsi passant d'un lieu dans un autre, ils brilleront dans le Ciel après avoir triomphé sur la Mer; tout le monde sentira leur puissance et relèvera de leur Empire.

— Ah! nous voici au petit Fagot d'épines, s'écria la Princesse Henriette en s'éclatant de rire; quel usage en va faire Madame d'Ornane?

— Un merveilleux usage, répliqua-t-elle. Toutes ses pointes percent presque autant que les traits qui partent des yeux de la Princesse; il est tout hérissé de défenses, comme ses beaux yeux sont environnez de rayons, et si l'on me poussoit trop, je dirois encore que mon petit Fagot d'épines fait moins de cruelles piqûres que de certains regards malins que je leur connois.

— C'est dire tout ce que l'on peut dire, reprit la jeune Princesse; mais voulez-vous donner des Mépris à ces beaux yeux?

— Oüy, pour les personnes qui ne sont pas dignes de les adorer, continua Mᵐᵉ d'Ornane, et je loge ces beaux yeux dans un Cœur corrompu, afin qu'on voye le miracle visible qu'ils produiroient, parce que ce Cœur vicieux, horrible, exécrable, n'aura pas plus tost senti le charme de ce pouvoir divin qu'il sera d'abord rempli de toutes les vertus et se rendra digne d'une opération si extraordinaire.

— Je vois venir un Loup ravissant qui va tout engloutir, poursuivit la Princesse Henriette. Le Comte de Bassompierre seroit bien heureux s'il avoit pû l'éviter.

— C'est un Loup ravissant, reprit-il; mais plus il est cruel, plus il m'est nécessaire, et convient par là à la comparaison que je puis faire de ces beaux yeux.

— Du moins, ne sont-ils pas si farouches, interrompit le Duc d'Elbeuf.

— Oserois-je dire qu'ils sont aussi barbares? poursuivit Bassompierre ; ils surprennent nos libertez avec autant d'adresse qu'un Loup fin et rusé enlève l'innocente Brebis.

— Je vois bien, répartit la Princesse Henriette, qu'il ne vous coûtera rien de leur donner un Soupir.

— C'est trop peu, lui répondit-il ; de si beaux yeux font soupirer éternellement.

— Mais vous les logez bien haut, reprit cette jeune Princesse ; l'Arc-en-Ciel me paroist une dangereuse escarpolette.

— Dites leur arc de triomphe, répliqua-t-il en souriant ; ces beaux yeux le font voir en signe de paix et de douceur à ceux qui sont assez heureux pour leur plaire.

— Voilà trop de gentillesses, s'écria Mme la Princesse de Conty ; j'ai soufert presque de vous voir à tous tant d'esprit ; je veux embarasser à mon tour et penser aussi.

Elle le fit, et chacun à son rang. On dit cent folies, on rit infiniment, et quand on eut fini, on proposa pour le lendemain les Proverbes.

— On y joüe trop souvent, reprit Mme de Nevers

— Cependant rien n'est plus joli que de les voir bien représenter, interrompit Mme d'Ornane ; il y a une grande beauté dans ce jeu quand on joüe bien et naïvement le roolle qu'on a, et, selon moi, les Proverbes sont tout à fait divertissans.

— Je suis de votre avis, lui dit le Marquis de Créqui ; parce que l'on voit une action qui se passe entière devant les yeux ; que le geste, le mouvement, l'expression et le son de la voix ont beaucoup de grâce ; le plaisir de penser une intrigue, de la bien mener, de la rendre claire, l'émulation que l'on a de bien faire, de l'emporter sur le parti oposé ou du moins de le divertir et de lui plaire, l'aprobation que l'on vous donne quand vous avez bien réussi ; toutes ces choses vous font une espèce de joie fort particulière.

— Ce que vous dites est certain, répondit Mme la Princesse de Conty, et vous pouvez ajouter encore qu'il y a un grand sens dans les Proverbes ; ils ont été du goût de tous les tems et ils renferment une excellente morale.

— La représentation des Proverbes, dit Bassompierre, est assez semblable aux Énigmes ; on les exprime le mieux que l'on peut, c'est aux autres à les deviner. Les Proverbes et les Énigmes sont d'une grande instruction ; les Anciens aimoient extrêmement ces manières de parler, et les Paraboles sont encore en usage parmi les Orientaux.

— Mais ne pourroit-on pas représenter des Pro-

verbes historiques, répartit Mme de Nevers, et
trouver des événemens véritables qui auroient du
raport avec le Proverbe qu'on choisiroit?

— Sans doute, répliqua le Comte de Bassompierre; mais ils n'en seroient pas plus agréables,
du moins, ne se feroient-ils guères en impromptus,
comme on les fait, que par un grand coup de
hazard; la mémoire ne fourniroit pas bien aisément
un trait historique. Il faudroit y penser de sang-
froid, et les porter tous aprêtez quand on y voudroit joüer.

Par exemple, poursuivit-il vivement, je viens de
me ressouvenir d'une plaisante Histoire que j'ai
leüe dans Hérodote, et dont vous vous ressouvien-
drez tous, elle seroit propre à représenter : A *fin,
fin et demi*.

C'est un Roy d'Égipte qui avoit fait faire un édifice
caché pour renfermer ses trésors que les deux fils de
l'architecte volèrent. On se peut ressouvenir que
voyant la diminution de ses immenses richesses, et
ne sachant par où l'on entroit, parce qu'une pierre
posée avec industrie s'ôtoit et se remettoit sans qu'on
s'en pût apercevoir, et faisoit ainsi que les voleurs
voloient avec sureté, ce Roy, surpris d'une adresse
qui lui étoit inconnüe, fit tendre des filets en cet endroit. Un des frères y fût pris, et pria l'autre de lui
couper la teste, afin qu'on ne soupçonnast point le
vivant et qu'on ne punît pas sa famille. Le frère
fit ce que son frère désiroit; il lui coupa la teste et

l'emporta, de sorte que le Roy, venant au lieu où l'on gardoit ses trésors, fut très-étonné de ne trouver qu'un tronc. Il commanda qu'on atachast ce corps à un gibet, et ordonna des gardes pour le garder, afin qu'ils observassent la contenance de ceux qui paroîtroient tristes, qui, sans doute, seroient les parens du mort. La Mère de cet infortuné ne pût soufrir de voir ainsi le corps de son fils exposé ; elle déclara au vivant que s'il ne le lui rendoit, qu'elle diroit tout au Roy : de sorte que ce garçon, qui avoit de l'esprit, fit enyvrer par une grande adresse les Gardes du Roy, détacha le corps de son frère et le porta à sa mère. Le Roy, fâché que les finesses du voleur fussent plus grandes que les siennes, commanda à sa Fille de demander à tous ceux qui la viendroient voir la plus mauvaise et la plus habile action qu'ils auroient faite dans leur vie. Le voleur fut la trouver comme les autres, et lui dit que la plus méchante action qu'il avoit faite avoit été de tuer son frère dans le lieu où le Roy gardoit ses trésors, et que la plus adroite avoit été d'avoir dépendu son corps, ayant enyvré les Gardes ; et comme la fille du Roy le voulût arrêter, il lui tendit une main qu'il avoit coupée à un mort, qui demeura dans les siennes.

— Cette histoire, reprit le Marquis de Créqui, sans y rien changer, fait exactement le Proverbe que vous avez dit. Ainsi, la mort du grand César représenteroit : *Oignez vilain, il vous poindra ;* car j'apellerai toujours ainsi Brutus d'avoir fait une action si infâme, plutost que de lui donner la loüange de le nommer le Dernier des Romains. On peut donc se servir de l'Histoire ; mais comme l'a remarqué Bassompierre, il faudroit y penser à loisir, et de l'une et de l'autre façon, le jeu des Proverbes est également agréable et divertissant.

— Si j'en suis cruë, dit Mme la Princesse de Conty, nous y joüerons quelquefois ; je ne le trouve pas indigne de faire l'amusement des personnes d'esprit, et peut-être que n'ayant rien de mieux, ce sera notre ocupation pour demain au soir.

— Ah ! Madame, répliqua Bassompierre, oubliez-vous le Roman ? Je vous demande grâce pour lui ; soufrez que nous y joüyons demain.

— Je le veux bien, reprit-elle ; mais prenons un sujet véritable d'Histoire que tout le monde connoisse. Nous sçavons tous comme on y joüe, mais il seroit à propos qu'en gardant les caractères on s'étendît plus qu'on n'a acoutumé de le faire, et il faudroit conduire notre jeu à la longueur raisonnable d'un récit qui pust aler à près de deux heures ; je voudrois même que du Piloust nous vint entendre, et qu'il l'écrivit ensuite d'une manière plus régulière. Il n'est donc question, poursuivit-elle (se voyant aplaudie), que du sujet que nous traiterons.

— Ce que vous proposez, Madame, lui dit le Comte de la Rochefoucauld, est tout à fait bien pensé ; il ne reste plus qu'à sçavoir dans quel Pays vous voulez nous mener et quelle sorte de Héros vous désirez prendre.

— J'aime les Grecs, poursuivit Bassompierre.

— Les Romains ne me déplaisent pas, continua Mme de Nevers.

— J'adore mon Pays, reprit Mme la Princesse de Conty ; je soutiens qu'il s'y est passé d'aussi grandes actions qu'ailleurs, que la vertu et la générosité y y ont eu d'amples théâtres, et que la valeur et la beauté y ont paru avec autant d'éclat qu'en lieu du monde ; mais peu de gens sont de mon goust : on aime à chercher loin ce qu'on a près. Tout ce qui paroist en éloignement nous semble plus grand, plus majestueux et plus digne de nous ocuper ; souvent même nous considérons avec admiration chez les autres des choses à quoi nous ne prenons pas garde parmi nous ; mais sans nous jetter dans le grand et le merveilleux, faisons une Histoire agréable et polie ; nous conviendrons, dans tout demain, du sujet que nous prendrons. Alons nous coucher pour le présent.

LE JEU DU ROMAN

—

Le jour revint, et il ne fut employé qu'à parler de divers traits historiques et à disputer sans aigreur. Les uns vouloient qu'on recherchât les vieilles Chroniques de Charlemagne, les autres désiroient un tems moins éloigné ; on s'arrêta au xiiie siècle, on proposa de faire l'Histoire du vaillant Prince de Gales, dit le Prince Noir, fils d'Édouard, ou celle de Blanche de Bourbon, Reyne de Castille. On voulut décrire les amours du Roy Jean en Angleterre, ou les Avantures de la Comtesse de Montfort, Duchesse de Bretagne ; enfin, on choisit le règne de Philipe de Valois, et l'on résolut de faire un Roman de ce tems-là. Ils convinrent ensemble de quelle manière ils en formeroient le plan, et l'on chargea le Comte de Bassompierre de le commencer, de sorte qu'après qu'on eut soupé on se rendit sur cette agréable terrasse, où il s'étoit dit tant de jolies choses, et, chacun ayant pris sa place, Bassompierre commença ainsi :

ROMAN

« La Cour du Roy Philipe de Valois étoit la plus
galante, la plus polie, la plus superbe et la plus
auguste qui fût alors dans le reste de l'Univers. Le
Duc de Normandie, son fils aisné, étoit le Prince de
son tems le mieux fait, et il avoit mille vertus qui
le rendoient digne de son rang. Charles de la
Cerda, Prince d'Espagne, petit-fils d'Alphonse X,
Roy de Castille, étoit son Favori et méritoit bien
de l'être ; il avoit la taille belle, le visage brun et
agréable, de l'esprit et du cœur, l'âme tendre et
passionnée.

Louis, Comte de Flandre, qui avoit été élevé en
France, étoit aussi extrêmement aimé du Duc de
Normandie ; c'étoit un Prince acompli ; il étoit
jeune, son visage avoit une beauté charmante, et
une grande quantité de cheveux blonds et frisez
lui servoient toujours de parure. Il étoit né d'un
esprit indépendant, son humeur étoit vive et gaye ;
il étoit galant et magnifique, et tel enfin qu'il
faloit être pour plaire et pour être aimé. Ces trois
Princes étans comme je les dépeins, il est aisé de
voir que rien peut-être dans tout le reste du Monde
n'en aprochoit : aussi ne fais-je paroistre qu'après
eux, Charles, Roy de Bohème, qui fut depuis Em-

pereur d'Allemagne : il étoit jeune et aimable ; le
Roi d'Arragon, qui avoit toutes les aparences
royales, et le Roi de Majorque dont la mine haute
faisoit juger de la dignité. Ils étoient souvent à la
Cour de Philipe de Valois, et le Duc d'Orléans, le
Duc de Bourbon et vingt autres Princes étoient
remarquables par leur naissance et par les agrémens de leurs personnes. Les Dames de la Cour
étoient belles et charmantes. Bonne de Luxembourg, femme du Duc de Normandie, étoit morte
il y avoit quelque tems, et le Roy, songeant à remarier le Prince, avoit jetté les yeux sur une des
plus belles et des plus spirituelles Princesses de
l'Europe : c'étoit Blanche, fille de Philipe d'Évreux,
Roy de Navarre, Prince du sang de France. Les
Navarrois, voulant exprimer les belles qualitez de
leur Princesse, l'appeloient *la belle Sagesse*; elle
étoit promise au fils du Roy de Castille, mais la
Régente, sa mère, rompit bientost ce mariage,
touchée par l'avantage et l'honneur de celui qu'on
lui proposoit, de sorte qu'elle la fit partir, et la
Comtesse de Foix fut chargée de la conduire à la
Cour.

On croyoit que le Duc de Normandie l'atendoit
avec une grande impatience, et un soir qu'il se
trouva seul avec le Comte de Flandre et dom
Charles d'Espagne, après qu'il eut congédié tous
les Seigneurs qui l'avoient conduit à sa chambre,
il fit quelques tours sans leur rien dire, paroissant
plus triste qu'ocupé.

— Je croyois, lui dit le Comte de Flandre en interrompant sa rêverie, que vous deviez vous préparer avec plus de joye à la manière dont vous devez aller au-devant de la Princesse de Navarre. On ne diroit pas à vous voir, Seigneur, que la plus belle personne du Monde vous vient chercher jusques dans vos États.

— Hélas! Prince, lui répondit le Duc de Normandie, que la destinée de Blanche est malheureuse et que la mienne est cruelle! Dom Charles vous dira quelles sont mes peines pour un mariage que je ne désire point.

— Que vous ne désirez point! s'écria le Comte; on dit que cette Princesse est divine.

— Elle sera tout ce que l'imagination des hommes la peut faire, répliqua le Prince; mon cœur, qu'une autre possède, ne peut jamais se donner à elle.

— Ah! Seigneur, qui pouvez-vous aimer? répartit Louis de Flandre; ne me parlez pas à demi, honorez-moi d'une entière confidence.

— Le Marquis de Créqui parlera pour le Duc de Normandie, dit alors Bassompierre, et nous fera sçavoir l'Histoire de ses amours.

— Le Duc de Normandie, reprit Créqui, se vid pressé d'une telle sorte, et il avoit tant de désirs de conter ses avantures qu'il ne pût refuser le Comte de Flandre, pour lequel il avoit une grande amitié ; comme on l'a déjà remarqué ; il lui sembloit aussi qu'un seul confident ne sufisoit pas à la grandeur de sa peine ; Charles de la Cerda l'avoit souvent diminuée en la partageant. Il croyoit qu'elle se soulageroit encore quand il l'auroit fait connoître au Comte de Flandre.

— Vous sçavez, lui dit-il, que je fus marié fort jeune avec Bonne de Luxembourg, et je vous avouerai que je ne sentis aucun plaisir dans la possession d'une Princesse si aimable. J'ai vécu avec elle en honnête homme et avec amitié ; mais je n'ai eu rien de plus.

J'étois encore bien jeune quand le Duc de Bourgogne, qui s'étoit marié avec la fille du Comte d'Auvergne, la mena à la Cour voir le Roy et la Reyne ; elle n'étoit pas encore sortie de l'enfance, et nous ne faisions que danser tout le jour ensemble, mais c'étoit déjà la plus agréable créature qu'on pouvoit voir.

Nous nous aimâmes extrêmement comme la parenté, l'âge et nos humeurs nous y engageoient ; et quand elle s'en fut retournée, nous nous écrivîmes fort souvent. Elle a fait depuis deux voyages à Paris sans que je l'aye vûe, ayant toujours été occupé par les soins de la guerre, qui a été presque continuelle, depuis que le Roy, mon père, est monté sur le trône. Je lui mandois le regret extrême que j'avois de ne m'être pas trouvé à la Cour quand elle y étoit venuë ; enfin, il y a près de deux ans que, pressé par ses solicitations, je fus la voir. Je m'aperçus que six années avoient aporté un grand changement en la Duchesse de Bourgogne, ce n'étoit plus cette petite fille qui avoit tant d'agrément, c'étoit une divine personne remplie de grâces. Toutes les grâces étoient placées sur son corps et sur son visage. Ne vous figurez pas en elle une beauté achevée, mais imaginez-vous des charmes qui surpassent la beauté et sans lesquels la beauté ne peut plaire. Elle étoit d'une taille fine et aisée; les cheveux blonds, avec de beaux yeux qui ont des regards contre lesquels les cœurs ne peuvent faire de résistance; l'humeur vive et gaye, un esprit de feu qui ne s'explique que par des choses surprenantes. Telle qu'elle est et plus gracieuse que je ne vous la puis dépeindre, elle se montra à moi, et je n'avois pas été trois jours avec elle que j'en fus éperduement amoureux.

Je n'eus que trop d'ocasions de lui témoigner ce que je sentois pour elle, et je fus si peu maître de lui cacher mes sentimens qu'elle s'en aperçut bientost. Je n'osois parler; quoique la Duchesse soit très-enjoüée, elle inspire un grand respect par la connoissance qu'on a de sa vertu. Je devins mélancolique : je condamnois et j'aimois ma passion, et je rendois ainsi un combat qui m'étoit dur et que je ressentois pour la première fois de ma vie.

Un jour qu'il y avoit bal chez elle, comme il y

en avoit tous les jours, je repassai dans une autre chambre, près de celle où l'on dansoit, et le Duc, s'en étant aperçu, vint avec la Duchesse dans le lieu où j'étois; il me trouva assis comme si je me fusse reposé, mais je n'étois que rêveur et chagrin.

— Seigneur, me dit-il, je me plaignois à la Duchesse de ce que nos divertissemens n'ont pas le bonheur de vous plaire, et je la gronde de ce qu'elle n'a pas le pouvoir de vous empêcher de vous ennuyer. Je vous la laisse, continua-t-il; je veux qu'elle vous rameine gay avec nous.

En disant cela il mit la main de la Duchesse qu'il tenoit dans la mienne, et nous quita. Elle voulut s'en aller et m'engager à le suivre, mais, serrant cette belle main et lui faisant quelque violence, je la retins. Voyant qu'il n'y avoit personne, je mis un genoüil à terre, et, la regardant avec des yeux pleins d'amour :

—Madame, lui dis-je, le Duc connoist mon mal; il n'y a que vous qui puissiez y aporter du remède; je vous aime, et c'est d'une manière si forte et si sincère qu'il seroit injuste de vous en ofenser. Oüy, si j'étois capable de former un sentiment fatal à votre gloire, je me tuerois à vos yeux; mon amour est pur et violent, mais désintéressé, et tel enfin qu'il doit être pour oser paroitre devant vous.

La Duchesse baissa les yeux à terre et me parut

6

très-embarrassée ; mais les relevant ensuite et les atachant sur mon visage avec un coloris éclatant :

— Le Duc, reprit-elle en souriant un peu, n'a pas dû s'atendre que vous répondriez à l'afection qu'il a pour vous par le discours que vous venez de me faire. Eh! quoi, Seigneur, poursuivit-elle en reprenant sa gayeté, traite-t-on ainsi son hôte? Et voulez-vous violer les droits de l'hospitalité? Venez, venez, je vous en prie ; ne renouvellez pas le roolle de Pâris, car je vous avertis qu'il vous faudroit chercher une autre Hélène.

En disant cela elle rioit, elle s'échapa, et, marchant vers la salle, elle m'atendit à la porte et me fit signe d'avancer. Je le fis, et, quand je l'eus jointe, m'aprochant de son oreille :

— Ne prétendez-vous pas traiter de raillerie, lui dis-je, la plus tendre passion qu'on puisse ressentir? Faites-moi voir de la colère, je m'en acomoderai mieux que de l'air indiférent que vous avez.

— Je ne puis faire ce que vous désirez, continua-t-elle en marchant vers sa place ; je ne veux jamais me brouiller avec vous, et je ne prendrai point sérieusement ce que vous me dites.

Je lui serrai la main encore et je m'assis auprès d'elle, ne pouvant lui parler du reste de la journée qu'à mots interrompus ; je n'en eus pas plus de facilité les autres jours, elle m'en ôta tous les moyens.

Le tems de mon retour aprocha ; je voulus l'entretenir encore de mes sentimens, je lui parlai bas ; tous ceux qui étoient près de nous s'éloignèrent par respect :

— Madame, lui dis-je, je vous quiterai donc, persuadé que mon amour vous déplaist et que vous haïssez ma personne.

— J'ai eu jusqu'ici tant d'amitié pour vous, reprit-elle, que vous êtes injuste de croire qu'elle puisse jamais cesser. La vôtre aussi, Seigneur, a fait tout le plaisir de ma vie ; ne la troublez point en me montrant une autre nature d'afection à laquelle je ne pourrois jamais répondre.

Et comme je murmurois de la cruauté avec laquelle d'un seul mot elle m'ôtoit toutes mes espérances :

— Il faut croire, reprit-elle avec un sourire, que le Ciel n'a pas voulu de plus grande union entre nous. Je suis née Françoise, il étoit aisé que je fusse à vous, et cependant j'ai passé en Bourgogne, et je suis au Duc ; vous êtes allé chercher la fille du Roy de Bohême, vous la possédez. Nos Destinées nous appelloient l'un et l'autre ailleurs ; je suis livrée à mon devoir, le vôtre est d'aimer la Duchesse de Normandie.

Elle me disoit ainsi cent choses qui ne servoient qu'à me percer le cœur par les réflexions que je faisois. Je résolus de la quiter sans lui dire adieu ; je craignois de m'atendrir devant le Duc de Bourgogne. Je lui proposai une partie de chasse, où je pris congé de lui, en disant que je ne me sentois pas capable de dire adieu à la Duchesse et à tant de Dames qui m'avoient plu. Il m'accompagna fort loin et jusqu'au bout de ses États. J'envoyai un gentil-homme pour m'excuser d'être ainsi parti si brusque-ment, mais c'étoit, en effet, pour lui donner une lettre de ma part.

— Je sçais, dit le Marquis de Créqui en s'inter-rompant, que le Duc d'Elbeuf en a recouvré une copie originale; c'est à lui à dire de quelle manière elle étoit conçuë.

— Je ne puis nier que je ne l'aye, répartit le Duc d'Elbeuf ; c'est malice à vous de ne la pas dire, car elle n'a été tirée que du Manuscrit où vous avez trouvé ce que vous nous dites.

Voici ce que le Duc mandoit à la Duchesse de Bourgogne :

« Je vous épargne le chagrin de me voir et de m'entendre; je n'aurois pu être auprès de vous et ne vous parler pas de mon amour. Je vous quite plein de vous-même, ne songeant qu'à vous, n'ai-mant que vous, et résolu de vous adorer toute ma vie. »

C'est ainsi, poursuivit le Duc d'Elbeuf, que ce pauvre Prince faisoit encore voir des marques si passionnées de son amour. Je ne sçai comment elles furent reçues; mais comme nous avons tous la même curiosité, il faut que le Marquis de Créqui nous

disc absolument tout ce que porte ce rare Manuscrit qu'il a entre les mains.

— Puisque je ne sçaurois m'en défendre sans im-
politesse, répliqua le Marquis de Créqui, je vais
continuer :

— Je revins à la Cour, poursuivit le Duc de Normandie; tout m'y déplût, tout m'y paroissoit en-
nuyant. Mes ennuis se soulagèrent par la nouvelle
que j'apris peu de tems après de la mort du Duc
de Bourgogne. Elle ne me menoit à rien, et toutefois
j'en eus de la satisfaction en pensant que la Duchesse étoit libre. Je connus peu après que l'homme
n'est pas fait pour goûter un long plaisir. Ce
qui m'avoit plu d'abord m'inquiéta ensuite par la
crainte où je fus que la Duchesse, si jeune et si
belle, ne seroit pas longtems sans se remarier.

Je pris la poste et fus la voir. Cette visite étoit de
bienséance, on ne pouvoit la blâmer. Je la trouvai
toute en pleurs, je pleurai avec elle, et, lui voulant parler de mon amour, elle m'arrêta dès que je
commençai à le faire, et ce fut avec une sévérité
qui ne me permit pas de poursuivre; elle me pria
enfin de m'en retourner et me dit adieu. Je passai
dans mon apartement, et je fis dire que j'étois
retiré. Quand la nuit fut venuë, je résolus de la
voir encore, et je me rendis chez elle par un endroit
peu fréquenté.

Elle étoit dans une chambre, seule avec Mᵐᵉ de
Vaudray, qu'elle aimoit fort. Elle se promenait ap-

puyée sur son bras ; je vis qu'elle essuyait ses larmes,
et qu'après avoir fait encore quelques tours, elle se
vint coucher sur un petit lit de repos. J'étois si près
d'elle d'elle que j'entendis distinctement toutes ses
paroles.

— Mais, Madame, lui disoit cette personne,
pourquoi ne laissez-vous pas au Duc de Normandie
la triste satisfaction de sçavoir que vous l'aimez,
puisque vous pouvez l'aimer sans crime, le Duc de
Bourgogne étant mort ?

— Hélas ! que me dites-vous ? reprit-elle, c'est
parce que je l'aime que je veux qu'il l'ignore. Quelle
satisfaction tireroit-il de mes sentimens, puisque
je ne puis le rendre heureux? Il pourroit se repaître
incessamment d'un amas de chimères, dont après il ne
seroit que plus tourmenté voyant leur impossibilité.

— N'importe, m'écriai-je en me faisant voir et
me jettant à ses pieds ; aimez-moi, quand ce ne
seroit qu'un moment, et que je devrois payer cet
heureux moment par la perte de ma vie !

La Duchesse fut très-étonnée, comme vous le
pouvez penser ; il n'y avoit pas moyen de se dédire.
Mais elle me parla ensuite avec tant de sagesse que,
bien qu'elle me parût tendre, je connus que mon
bonheur se terminoit à la douceur de me sçavoir
aimé sans qu'elle y en voulut ajouter d'autres. Elle
me commanda de m'en retourner le lendemain, et
ne me voulut jamais permettre d'avoir un commerce
de lettres avec elle.

Je partis afligé et amoureux ; mais je trouvois mon malheur moins grand. J'ai toujours été ocupé par les soins de la guerre sans qu'ils ayent diminué mon amour, et la Duchesse de Normandie étant morte , je me consolai de sa perte par l'espoir que j'avois que je pourrois être bientost heureux avec la Duchesse de Bourgogne, je lui écrivis dès que je le pus avec bienséance, et je reçus une réponse qui flatoit mes désirs.

A peine fus-je veuf que le Roy fit connoître les intentions qu'il avoit de me remarier. Tous les partis de l'Europe ambitionnèrent son alliance ; je crus qu'il me laisseroit choisir si je lui faisois part de mes sentimens, et je résolus d'aller voir la Duchesse, d'autant plus porté à la faire expliquer que le Roy d'Arragon l'avoit fait demander en mariage, et qu'on disoit que le jeune Comte d'Ostrevant en étoit fort amoureux.

Ma sœur s'en retournoit lors en Brabant trouver le Duc de Limbourg, son mari, qui étoit tombé malade. Je résolus de l'acompagner, et de là d'aller en Bourgogne. On me reçut avec de grandes magnificences chez le Duc, mon beau-frère. J'y vis ce qu'il avoit de plus beau en ses États et peut-être dans le reste de l'Univers, en la jeune Princesse de Brabant. Je fus ébloui à sa vue ; on eût été bien aise qu'elle m'eût plû.

Elle est belle dans tous les agrémens qu'on peut désirer en une personne. Je fus surpris de la voir ;

mais, après le premier moment d'admiration, je demeurai fidelle à la Duchesse de Bourgogne. Ses charmes, son esprit, sa sagesse, tout me revint dans l'esprit pour m'arrêter dans une servitude que je préférois à toutes les Félicitez de la terre, et où j'espérois de trouver mon entière Félicité.

Après huit ou dix jours que je demeurai en Brabant, je me rendis avec peu de suite en Bourgogne. Je fus chez du Vergis, premier Oficier de la Duchesse; je le priai de me ménager l'ocasion de la voir en particulier, à son insçu, faisant connoître à du Vergis la passion que j'avois pour elle et le dessein que j'avois de m'en retourner promtement. Je lui dis que je ne désirois pas être connu et que, voulant la surprendre, je me faisois un plaisir d'amant heureux. Je ne précipitois ainsi mon retour que pour avancer mon bonheur, dont je ne doutois presque point, malgré toutes les galanteries que je sçavois que le comte d'Ostrevant avoit faites pour elle. Il étoit tard quand j'arrivai à Dijon : la nuit servit à me cacher. Nous fûmes au palais, du Vergis et moi; il me fit passer par une galerie peu éclairée qui conduisoit au Cabinet de la Duchesse. Nous en étions assez proche quand la porte s'en ouvrit et que nous vismes Mme de Vaudray qui en sortoit. Nous crûmes que la Duchesse alloit venir avec elle : je fus bien surpris de voir un jeune homme parfaitement bien fait qui la suivoit. Nous nous regardâmes tous deux avec une grande atention, et, ayant fait une amitié en passant à Mme de Vaudray, j'entrai seul dans le Cabinet; il étoit éclairé, mais je ne vis personne. J'étois inquiet, et je voulois atendre que Mme de Vaudray revint, quand, tournant la teste de tous côtez, j'aperçus la Duchesse à une fenestre; je m'aprochai d'elle avec empressement. Elle rêvoit avec tant d'aplication qu'elle ne m'entendit point. Je me mis à l'autre fenestre, et prenant respectueusement la parole, mais en même tems avec beaucoup d'amour :

— Je donnerois la moitié de ma vie, lui dis-je, pour être le sujet d'une si profonde rêverie.

La Duchesse fut étonnée.

— Eh ! quoi, Seigneur, me dit-elle, vous n'êtes pas en Brabant ?

— Non, lui répondis-je, je viens auprès de vous pour aprendre quelle doit être ma destinée.

— Votre destinée, reprit-elle en quitant sa fenestre, ne dépendra jamais de moi; je n'y prends plus de part, Seigneur, et la mienne sera de ne vous voir de ma vie.

En disant ces paroles, elle passa brusquement dans une chambre que je vis pleine de monde. Je demeurai à la place où j'étois éperdu. Ces paroles dures et cette promte retraite me firent faire de grandes réflexions; la jalousie s'empara de mon âme. Je pensois au Roy d'Arragon; le Comte d'Ostrevant me frapa plus encore, parce qu'on ne parloit que des soins qu'il avoit rendus à la Duchesse, et des charmes de sa personne.

Ce jeune homme même, si agréable et si beau,
que j'avois vu sortir de son Cabinet, me blessoit
plus que les autres. Je m'abandonnois à toute ma
fureur, et j'étois presque résolu de passer dans le
lieu où elle étoit, de ne ménager plus rien, et de
lui reprocher son infidélité aux yeux de toute la
terre, quand je vis rentrer dans le Cabinet Mme de
Vaudray. Je me rendis maître de moi-même pour
tâcher de découvrir la vérité de ce qui m'embarras-
soit l'esprit.

— Je m'étonne, lui dis-je, que celui que vous
venez de ramener ne vous aye pas plus longtems
entretenuë.

— Seigneur, me répondit-elle, je n'avois pas de
grands discours à tenir avec le Comte d'Ostrevant.
La Duchesse m'avoit commandé de le conduire, je
l'ai fait; mon ordre ne s'étendoit pas plus loin.

Je fus étourdi à ces paroles.

— Il est donc la cause, lui répondis-je, de ce
qu'on me reçoit si mal. A-t-on résolu de le rendre
heureux ? Allez, Madame, je vous en conjure, allez
le demander de ma part à la Duchesse, et si je suis
venu à tems pour assister à ses noces ?

Je dis encore quelques extravagances semblables
à Mme de Vaudray; elle alla trouver la Duchesse et
revint triste.

— Seigneur, me dit-elle, la Duchesse vous mande
que, quand elle aura résolu le bonheur du Comte

d'Ostrevant, elle en prendra les avis du Roy, et non les vôtres; vous n'êtes pas encore son Seigneur.

Je trouvai quelque chose de si choquant dans ces paroles que je sortis de ce Cabinet dans un extrême emportement. Je rencontrai du Vergis dans la galerie, et je partis le lendemain sans rien mander à la Duchesse de Bourgogne. J'étois outré du traitement qu'elle m'avoit fait; je le trouvois insuportable; je ne la reconnoissois en aucune manière, ni dans ses discours, ni dans ses actions. Je partis très en colère.

Quant je fus ici, je repassai sa conduite avec plus de tranquilité; je crûs que toutes les femmes étoient changeantes ou foibles. Le Roy me proposa la Princesse Blanche comme la plus acomplie qui soit en Europe, me priant, si j'en aimois mieux une autre, de la choisir.

Tout ce qui n'étoit pas la Duchesse de Bourgogne m'étoit indiférent. Ainsi je lui fis réponse que je le rendois maître de mon sort. Le Mariage a été bientost conclu, et, comme vous le sçavez, la Princesse arrive incessamment.

C'est ainsi que le Duc de Normandie faisoit part de son secret à l'aimable Comte de Flandre, continua le Marquis de Créqui.

— Je vous plains, Seigneur, lui dit ce jeune Prince, quand il eut cessé de parler, et je plains une si belle Princesse qui n'aura pas votre cœur;

car je vois bien, malgré les rigueurs de la Duchesse
de Bourgogne, qu'elle le gardera encore quelque
tems, à moins que les beaux yeux de Blanche ne
fassent un miracle en vous rendant infidelle ; mais
enfin vous partez avec la Duchesse d'Orléans qui la
va recevoir.

— Ouy, Prince, répartit le Duc de Normandie,
je la verrai incognito, et je ne veux pour compagnons que vous et le Prince d'Espagne.

C'est ici Madame, où vous parlerez, dit le Marquis de Crequi, en s'interrompant, et s'adressant
à Mme la Princesse de Conty, vous sçavez ce qui se
passa à cette entrevue, et tout ce qui s'est passé
depuis.

— J'en conviens, reprit la Princesse, et vous
l'allez aprendre.

La Duchesse d'Orléans eut ordre du Roy d'aller
au-devant de la Princesse Blanche. La Duchesse
d'Orléans étoit fille posthume de Charles-le-Bel et
de Jeanne d'Évreux, cousine germaine de la Princesse de Navarre. Philippe de Valois la maria,
qu'elle n'avoit pas douze ans, au Duc d'Orléans,
son second fils, de sorte qu'elle n'en avoit pas
encore dix-sept. Elle étoit fort belle, vive et pleine
d'esprit ; elle se rendit à Orléans avec le Duc de
Normandie, et le lendemain elle y reçut la Princesse qu'elle y attendoit. On sçavoit bien qu'elle
étoit belle ; mais l'imagination ne s'étoit point por-

tée jusqu'au degré de beauté dans lequel elle parut.
Le Duc et les deux Princes ses confidents se mirent
dans la foule; ils en furent charmez, mais ce fut
sans émotion de la part du Duc de Normandie; il
l'avoua au Comte de Flandre.

— Ah! Seigneur, lui dit-il, mettez-moi en votre
place; elle n'est point faite pour être à un homme
qui ne l'adore pas : cédez-moi vos droits.

Le Prince sourit, et se divertissoit de toutes les
folies que le jeune Comte lui disoit; mais que
Charles d'Espagne regardoit bien avec d'autres
yeux et un cœur plus sensible la Merveille qu'il
contemploit avec tant d'aplication. Il fut frapé dès
qu'il la vid; il l'aima sans s'en pouvoir défendre,
et de la plus violente manière dont on puisse jamais
aimer. Il la regardoit avec avidité; il n'écouta point
ce que les Princes se disoient, et le Comte de
Flandre continuant dans son enjouement :

— Je pars tout-à-l'heure, Seigneur, disoit-il au
Prince; je vais me batre contre le Comte d'Ostrevant, après cela je me rends en Bourgogne, où je
querellerai la Duchesse de ce qu'elle vous préfère
un si indigne rival, et je vous la rendrai plus fidèle
que jamais, pourvu que vous me donniez la Princesse Blanche.

Charles d'Espagne n'entendoit ni ne voyoit rien
depuis qu'il voyoit Blanche. Le Duc de Normandie
prit garde à son atachement; il lui en fit la guerre

en riant : il lui disoit plaisamment que tout pouvoit
être commun entre deux amis, hors une femme, et
qu'ainsi il se gardast bien d'aimer la sienne. D'autre
part, la Comtesse de Foix avertit la Princesse que
le Duc de Normandie étoit parmi ce grand nombre
de Courtisans. Nos trois Inconnus étoient d'une
grande aparence et ne se séparoient point. Le Comte
de Flandre étoit trop beau et trop jeune : elle
connut bien que ce ne pouvoit être le Duc de Normandie; mais, entre lui et la Cerda, elle ne sçût
que penser, et peut-être souhaita-t-elle que la Cerda
fût le Duc de Normandie, quoique le Duc fut aussi
bien fait que lui et qu'il fût aussi aimable. Mais
l'amour que Charles d'Espagne avoit dans les yeux
lui donnoit quelque avantage sur le Prince.

Le soir, la Duchesse d'Orléans lui donna un bal
magnifique. Le Duc et ses deux compagnons y
parurent masquez; ils étoient de pareille hauteur :
ils s'étoient rendus la taille à peu près de même,
et ils avoient des habits semblables. Il étoit dificile
de les reconnoître.

La Cerda avoit déjà perdu la raison; il sçavoit
que le Duc ne se démasqueroit point : il résolut de
dire ses sentimens à la Princesse qui le prendroit
infailliblement pour le Prince, et se fit un plaisir
fol, à la manière des Amants, sans considérer le
danger où son audace découverte pouvoit le mettre;
de sorte qu'abordant la Princesse Blanche :

— Si le plaisir de faire des esclaves, lui dit-il,

est un sensible plaisir, quel doit être le vôtre ? Vous enchaînez tout ce que vous voyez, et si vous daignez compter mon cœur au nombre de vos Conquêtes, croyez que ce sera la plus assurée. Ouy, du moment que je vous ai vûe, j'ai senti que je devois vous aimer, et en vous aimant, je connois que je vous adorerai tant que j'aurai un instant de vie.

La Princesse comprit que le Duc de Normandie, seul entre tous les hommes, pouvoit lui parler ainsi. Et dans cette pensée, prenant la parole avec une gravité charmante, adoucie par un petit sourire :

— Il n'y a qu'un cœur, reprit-elle, que je souhaiterois de toucher ; je consens que tous les autres soient libres : mais pour ce Cœur Illustre où j'ose prétendre, ma Gloire seroit satisfaite si je lui causois quelque embarras.

Vous voyez bien par ce que je vous dis, que Charles d'Espagne cherchoit à se perdre, et que la prudence ne prenoit pas soin de sa conduite.

Il tint d'autres propos passionnez à la Princesse, qui crut toujours que le Duc lui avoit parlé.

Le lendemain de ce bal le Duc de Normandie se fit présenter à Blanche par la Duchesse d'Orléans, et lui présenta ensuite le Comte de Flandre et Dom Charles de la Cerda. Le Prince fut galant sans être amoureux. On passa quelques jours en fêtes et en plaisirs, et comme on se préparoit pour aller à Paris, on aprit

la mort de la Reyne Jeanne de Bourgogne, femme
du Roy, et la Duchesse d'Orléans reçut l'ordre de
retenir la Princesse Blanche jusqu'à ce que les fu-
nérailles de la Reyne fussent faites, de sorte que
les réjouissances furent changées en deuil; mais ce
tems finit bientost par l'arrivée de la Princesse de
Navarre. Dès que le Roy la vid, il en fut éperdû-
ment amoureux, et dès qu'il en fut amoureux il la
voulut posséder. Il fut embarassé d'en faire la proposition à son fils; mais enfin il lui parla avec tant
de passion pour la Princesse Blanche, et tant de tendresse pour le Duc, qu'il eut bientost obtenu ce qu'il
souhaitoit. Le Prince ne lui fit aucune résistance;
mais il ne vid pas sans surprise des sentimens si
pleins d'ardeur dans l'âme d'un Roy qui n'étoit
plus jeune. Je crois que la Princesse Blanche fut
encore plus étonnée, et qu'elle reçut ce changement de sa fortune avec quelque regret, puisque la
Couronne ne lui pouvait manquer avec le Duc de
Normandie, qui étoit des hommes du monde le
mieux fait et le plus aimable.

La Duchesse de Limbourg, fille du Roy, qui
venoit pour assister au mariage de son frère, se
trouva sans y penser à celui du Roy, son père. Elle
avoit mené avec elle la Princesse de Brabant, sa
belle-sœur, et quoiqu'on ne fût pas encore accou-
tumé à l'extrème beauté de la jeune Reyne et qu'on
crût que rien ne la pouvoit égaler, on trouva que
celle de la Princesse de Brabant pouvoit aller de
pair avec la sienne, si elle ne la surpassoit pas.

Elles étoient toutes deux blondes et éblouissantes ; la Reyne Blanche avoit plus de majesté et moins d'enjouement. La taille, le teint, les yeux, la bouche et les dents étoient en l'une et en l'autre des chefs-d'œuvre de perfection ; mais leur phisionomie étoit en tout diférente.

Le Duc de Normandie conserva la même indiférence pour cette Princesse qu'il avoit eue pour la Reyne ; son cœur n'étoit fait que pour la charmante Duchesse de Bourgogne ; il ne pouvoit aimer qu'elle. Le Comte de Flandre sentit à peu près les mêmes choses pour la Princesse de Brabant que Dom Charles avoit senties pour la Reyne ; il l'aima autant qu'il la pouvoit aimer, et c'étoit beaucoup dire. Elle fit plusieurs amans ; celui qui se déclara le plus ouvertement fut le Duc d'Athènes, assez aimable pour pouvoir espérer de lui plaire.

On fit faire des habits fort magnifiques aux noces du Roi. La Princesse Henriette nous en dépeindra, s'il lui plaist, quelques-uns, et nous dira les divertissemens qu'il y eut.

— Ils furent en si grand nombre, reprit-elle avec vivacité, que j'aurois de la peine à vous les redire. Il y eut des Carousels, des Bals, des Balets, des Fêtes continuelles. Le lendemain du mariage du Roy, le Comte de Flandre eut un habit d'un drap d'argent couleur de rose, avec les chifres de la Princesse de Brabant marqués avec des perles et des émeraudes. Cette Princesse se trouva habillée de

7

la même étofe, avec les mêmes pierreries, car il avoit sçû qu'elle seroit ainsi; mais les pierreries qu'elle avoit marquoient des emblèmes et des devises ingénieuses, comme c'étoit la mode en ce tems-là.

Le Comte de Flandre emporta un prix du Carousel, qu'il présenta à la Princesse de Brabant : c'étoit une chaîne de diamans et de rubis. Elle la refusa avec une rougeur qui lui siéoit bien; mais le Roy ayant commandé à la Duchesse de Limbourg de la lui faire recevoir, elle la lui atacha sur son sein, et le Comte se mit à genoux devant elle et lui dit les plus belles choses du monde, mais dont je ne me souviens pas bien.

Madame, continua la Princesse Henriette en s'adressant à Mme la Princesse de Conty, je vous rens votre Histoire; vous aurez la bonté de la reprendre en cet endroit.

— Il lui disoit, poursuivit Mme la Princesse de Conty, que les chaînes dont elle l'enchaînoit étoient plus précieuses et qu'il ne les romproit jamais. Mais comme ce lieu n'étoit pas bien propre à une plus grande explication, le jeune Prince remit aux jours suivans à se faire mieux entendre. Il en trouva assez de commodité dans la suite continuelle des jeux et des plaisirs. Ils servirent aussi à achever de faire perdre la raison à Charles d'Espagne. Il s'échapa et découvrit ses pensées à la Reyne. Vous croyez bien qu'elle le punit par toute sa rigueur ; elle ne reçut cette grande audace qu'avec une extrême fierté. Le Duc s'aperçut de la maladie de son Favori ; il lui en parla avec pitié. Dom Charles, plein de confusion, se tût et soupira. Enfin, pressé par le Duc de lui avouer son malheur, il n'eut pour toutes paroles que des torrens de larmes qui le touchèrent ; mais il lui conseilla de s'éloigner pour quelque tems.

— Hélas ! lui répondit-il enfin, mon mal est sans remède ; le tems et l'absence ne me guériront jamais.

— N'importe, lui répartit le Prince, il faut l'essayer. Je crains que le Roy n'apprenne vos sentimens ; si cela étoit, je ne pourrois vous sauver.

— S'il s'agit de votre service, lui répliqua Dom Charles de la Cerda, j'irai au bout du monde.

— Vous n'irez pas si loin, répartit le Duc ; mais je serai bien aise que vous alliez en Bourgogne, que vous soyez quelque tems avec la Duchesse, que vous tâchiez en toute manière de découvrir mon malheur, et que vous me remettiez, s'il est possible, aux mêmes termes où j'en étois avec elle avant mon dernier voyage. Vous sçavez mes sentimens : faites-les lui voir dans toute leur ardeur et leur intention, et portez-la enfin, mon cher Prince, s'il est possible, continua-t-il en l'embrassant, à ne diférer pas mon bonheur davantage.

Dom Charles reçût avec respect la commission dont le Duc l'honoroit. Il se trouva glorieux de recevoir un tel emploi, et, quoiqu'il ne quitast la Reyne qu'avec peine, il eut une grande joie de trouver l'ocasion de rendre un service si important au Duc de Normandie. Il se disposa donc à partir ; mais avant son départ il voulut voir la Reyne. Il l'aborda à la promenade, et marchant à côté d'elle :

— J'éloigne de vos yeux, Madame, lui dit-il, un objet d'horreur. Je fuis leur présence ; mais je porterai partout la blessure qu'ils m'ont faite. Je vais loin de vous cacher un amour infortuné qui vous déplaist ; je ne tâcherai point de guérir, j'y ferois des eforts inutiles. Je souhaiterois de mourir si ma vie n'étoit nécessaire pour conserver mon amour.

— Je vous écoute avec moins de peine que je n'en ai jamais eu, lui répondit la Reyne, puisque vous avez pris la résolution de nous quiter ; un peu d'absence vous rendra votre raison entière. Je suis ravie de vous voir dans le dessein où vous êtes ; je vous estime, Prince, et j'aurois été fâchée que le Roy eût pu avoir quelque connoissance d'une témérité qu'il auroit punie et qu'il auroit dû punir.

En achevant ces mots elle appella quelques Dames, et Dom Charles se vid hors d'état de pouvoir parler davantage.

Il partit et fut en Bourgogne. Nous sçaurons tantost comme sa négociation se passa. Il faut retourner au Comte de Flandre. Il étoit jeune, impétueux dans ses passions; c'est au Comte de Bassompierre à nous dire comme il les mena.

— Il aimoit véritablement, Madame, reprit Bassompierre; on ne manque guères de réussir quand l'amour est sincère. La belle Princesse connût ses sentimens sans colère, quoiqu'on tâchât de la préoccuper par de plus hauts desseins. Le Duc et la Duchesse de Limbourg avoient pris de grandes espérances quand le mariage du Duc de Normandie avoit été rompu avec la Reyne, et ils avoient pensé que rien sous le Ciel n'étant si beau que la Princesse de Brabant, ce Prince ne balanceroit pas à la prendre pour épouse. On ne parloit incessamment à cette jeune Princesse que de cette Gloire imaginaire; mais elle sentoit en elle-même que son cœur n'étoit pas d'accord avec l'ambition de ses parens.

Elle fut étonnée de connoître sa révolte contre les premiers sentimens qu'on lui avoit inspirez. Elle ne vouloit songer qu'au Duc de Normandie : elle pensoit malgré elle au Comte de Flandre.

— Hélas! disoit-elle à une fille de qualité qui étoit auprès d'elle, aimable Mathilde, que je vais être malheureuse si le Duc de Normandie tourne ses pensées sur moi! Que deviendra cette inclination que je sens pour le Comte de Flandre?

— Ah! Madame, reprenoit cette fille, pouvez-vous balancer? Le Comte de Flandre, avec toute sa beauté et sa jeunesse, peut-il entrer en comparaison avec le Duc, qui a l'air et la mine d'un Héros, qui s'est mille fois couvert de Gloire par une éclatante valeur, et qui doit commander un jour à la plus belle Monarchie de l'Univers?

— Ce ne sont pas les charmes de la personne du Comte qui m'enchantent, reprit la Princesse, c'est ce je ne sçais quoi qui nous force d'aimer. Il aura un jour les vertus et les qualitez héroïques qu'a maintenant le Duc de Normandie : il a de l'amour, je compte cela pour tout. Le Duc ne m'a montré jusqu'ici qu'une galanterie froide et indiférente ; j'ai beau me dire ce que vous pourriez me conseiller, je n'écoute que ce qui me parle pour le Comte de Flandre.

Ce fut dans ce tems que le Roy de Navarre arriva à la Cour. Il n'avoit qu'un an de plus que la Reyne Blanche, sa sœur, et n'en avoit que vingt et un. Il étoit beau comme le jour, bien fait de corps, ayant trop d'esprit pour son âge, parlant avec une éloquence naturelle, mais ayant toutes les inclinations cruelles et vicieuses : fourbe, malin, infidelle et vindicatif. Il n'eut pas plutost vu la belle Princesse de Brabant qu'il l'aima ; mais comme la politique vouloit qu'il épousast une Princesse de France, son artifice eut d'abord de l'ouvrage. Il résolut de cacher son amour à tout le monde, et de ne le découvrir qu'avec précaution à la Princesse qui le causoit. Il donnoit tous ses soins en public à Madame,

mais des regards à la dérobée et des soupirs dis-
crètement poussez n'étoient vus et entendus que de
la Princesse de Brabant. Il soufroit à se contraindre, quoiqu'il fût déjà grand Maître en l'art
de dissimuler.

Il étoit un jour chez la Reyne où il avoit acompagné Madame; il se mit derrière la Princesse de
Brabant, et se penchant vers son oreille :

— Qu'il est dur, lui dit-il, de feindre pour une
autre tout l'amour que l'on a pour vous !

La Princesse rougit et se retournant vers lui avec
un sourire dédaigneux :

— Gardez votre secret, Seigneur, lui répondit-
elle tout haut, ou ne trouvez pas mauvais que j'en
fasse part à la Compagnie : je n'en veux point.

Le Comte de Flandre, le Duc d'Athènes et même
le Duc de Normandie étoient tout auprès, qui pres-
sèrent la Princesse de leur dire ce secret qu'elle
rejettoit; mais le Roy de Navarre, usant d'une
hardiesse dont il étoit seul capable :

— Ce secret, Seigneur, dit-il au Duc, ne regarde
que la belle Princesse que j'aime; les amans ont
toujours la teste remplie de leurs amours.

— Vous prenez une dangereuse confidente, reprit
le Duc de Normandie; je ne sçai si Madame s'en doit
bien acommoder.

Cependant le Comte de Flandre ne perdoit aucune
ocasion de témoigner à la Princesse de Brabant les

sentimens qu'il avoit pour elle. Le Duc de Normandie le servoit hautement dans les prétentions qu'il avoit, et par ce procédé il fit bien juger qu'il n'en avoit aucune pour elle. Ces services si publics qu'il rendoit au Comte furent la source envenimée de cette épouvantable haine que le Roy de Navarre prit pour lui et pour la Maison de France dont il avoit l'honneur d'être, et cette haine conduisit depuis le Royaume à deux doigts de sa perte.

Le Duc de Limbourg, voyant ruiner ses espérances par la conduite du Duc, crût ne devoir pas négliger un parti tel que le Comte de Flandre, qui, dans la perte de ses idées, faisoit encore un si considérable établissement pour sa sœur; c'est pourquoi il lui dit de n'avoir point d'indiférence pour toutes les choses qui le lui pourroient procurer, et le Comte s'étant déclaré au Duc de Limbourg, la Princesse, par ses prières et par les ordres de son père qui lui vinrent bientost après, eut le bonheur de ne plus contraindre une afection innocente qui devint légitime par la volonté de ses parens.

Dans cet heureux état, ce jeune Prince jouissoit d'une grande félicité auprès de sa Princesse.

— Je vous aimai, lui disoit-il, dès le premier moment que je vous vis; il sembloit que mon cœur allât au-devant d'une destinée qui devoit avoir tant de charmes pour moi.

— Le Ciel, lui répondit-elle, prépare en nous ce

qu'il veut qui s'exécute. Je n'ai senti pour personne ce que j'ai senti pour vous, et je me souviens que quand le Duc de Normandie vint en Brabant je n'avois jamais vû d'homme mieux fait que lui, et rien ne m'avoit paru de si grand! On ne me parloit incessamment que de cette Illustre Conqueste, de la gloire et du bonheur qu'il y aurait à être un jour Reyne de France. Cependant, je ne fus point touchée pour lui, et il ne m'inspira tout au plus que quelques mouvemens d'ambition.

— Vous vous gardiez pour faire ma fortune, Madame, lui répliqua le Prince; je vais la presser, et j'envoye incessamment en Flandre pour avertir mes Sujets de mes desseins et leur donner part de mon bonheur.

C'est ainsi que ces heureux amans se disposoient à leur union, lorsqu'on vid arriver à Paris les députez des Magistrats de Gand et de Bruxelles qui venoient prier leur Prince de vouloir se donner à ses États. Le Roy fut bien aise de cette députation; il jugeoit par là que la Flandre rentroit dans son devoir, et qu'après tant de troubles et tant de rebellions qu'avoit causés la longue tirannie de Jacques d'Artevelle, tout s'alloit soumettre au Comte malgré les pratiques d'Édouard, Roy d'Angleterre, qui depuis si longtems exerçoit son pouvoir sur les Flamans.

Le Conseil de France trouva bon que ce jeune Prince s'allast montrer à ses peuples. Il ignoroit

que cette conduite des Flamans était un trait de
l'artifice du Roy de Navarre, qui étoit en intelli-
gence avec Édouard et lui avoit mandé que la
France vouloit donner une Épouse au Comte de
Flandre afin de le tenir toujours ataché à ses inté-
rests; qu'il rompît ce coup et obligeast les Flamans
à redemander leur Prince, et qu'il s'en assurât
ensuite par son alliance.

L'artifice du Roy de Navarre fut si bien mené
qu'on ne le soupçonna jamais, quoiqu'on découvrît
que le Roy d'Angleterre faisoit agir les Flamans et
qu'il avoit dessein de donner au Comte la Princesse
Isabelle, sa fille. Le Roy conféra de toutes ces choses
avec ses Ministres et avec le Comte, qui promit
d'être toujours reconnoissant envers la France et
d'être fidelle au Roy.

Mais si Philipe de Valois s'assura sur un jeune
homme qui n'avoit pas encore vingt ans, il le fit
par la bonne opinion qu'il eut de la nourriture qu'il
lui avoit donnée, et croyant qu'il se souviendroit
qu'il l'avait élevé comme un de ses enfans.

La Princesse de Brabant n'étoit pas si tranquile
que le Roy, et voyant un jour ce jeune Prince auprès d'elle, tout atendri de la quiter :

— Vous vous en allez, lui disoit-elle, je ne vous
reverrai plus; vos Sujets sont acoutumez à prendre
une autorité injuste sur leurs Princes : vous êtes
jeune, ils vous contraindront à épouser la Princesse
Isabelle.

Elle pleuroit : le Prince essuyoit ses larmes, quoiqu'il en répandît aussi.

— Je suis jeune, lui disoit-il ; mais n'ayez point mauvaise opinion de ma jeunesse. Mon amour est plus fort que la tirannie à laquelle les Flamans sont faits, et, quand il y auroit encore cent Artevelles parmi eux, je sçaurai les soumetre et vous venir raporter la foy que je vous ai donnée et que je vous confirme de nouveau par mille sermens. Ne craignez point la fille d'Édouard : ni elle ni toutes les Beautez de l'Univers ne vous ôteront pas de mon cœur.

— Hélas ! reprit la Princesse de Brabant, Édouard est si heureux dans tous ses projets que je ne puis m'empêcher de craindre qu'il ne le soit dans celui qui me seroit si funeste.

— Non, ma divine Princesse, répondit le Prince, non, ses projets ne réussiront point. Je vous quite plein d'amour, je reviendrai vous retrouver plein d'amour. Souvenez-vous de la parole que je vous donne, que jamais je ne serai à d'autre qu'à vous, et que je mourrai plutost que de ne vous être pas fidelle.

Ils se dirent encore bien des choses tendres et se séparèrent avec une égale douleur. Le jeune Comte se rendit à Gand ; on l'y reçut avec une magnificence extraordinaire. Il vid ensuite ses autres villes, où on lui fit partout une réception superbe. Il connut enfin qu'il n'étoit plus libre de sa personne, et qu'on le retenoit ainsi pour l'empêcher de retourner en France. La suite nombreuse dont il étoit environné servoit moins à l'honorer qu'à le garder, et quand il fut de retour à Gand son Palais même devint sa prison. Son humeur, haute et fière, eut peine à suporter cette rigueur. Il se plaignit fièrement de l'insolence de ses Sujets, et parla d'une manière qui ne ne servit pas à adoucir son malheur. On ne manqua pas aussi de lui proposer d'épouser la Princesse d'Angleterre. A la première parole qu'on lui en dit, il s'écria sans précaution qu'il n'épouseroit jamais la fille du meurtrier de son père (car il étoit mort à la fameuse bataille de Créci); mais les Flamans n'entroient pas dans son ressentiment. Ils vouloient en toute manière faire ce mariage, persuadés qu'ils étoient que cette Alliance enrichiroit leur pays par le commerce, et d'ailleurs ils étoient gagnez par les présens d'Édouard, de sorte qu'ils gardèrent leur Souverain à vue et lui dirent franchement qu'il n'auroit la liberté que quand il feroit ce qu'ils souhaitoient.

Le jeune Prince soufrit, et ce fut avec impatience; il étoit fidelle à la France et fidelle à la Princesse de Brabant. Cependant le bruit de son malheur se répandit bientost partout, et la Princesse fut plus affligée qu'aucune autre. Il avoit peu des siens qui lui fussent fidelles; mais trois Seigneurs se piquèrent de l'être pour lui, et voulurent absolument suivre sa fortune. Ils le consoloient par leur atachement, et n'oublioient rien pour le divertir dans l'ennui de sa prison.

Un jour qu'il étoit plus impatient qu'il ne l'avoit encore été, et qu'il cherchoit inutilement avec ses amis le moyen de se sauver, le Comte d'Egmond, qui étoit un de ces Seigneurs, lui présenta un paquet qu'un de ses Gardes lui avoit donné. Il l'ouvrit avec toute l'impétuosité de son tempérament et trouva des lettres du Roy et du Duc de Normandie ; mais ce qui le transporta de joye fut qu'il y en avoit une de sa chère Princesse.

Mme d'Ornane, qui l'a trouvée fort belle, l'a tant lue qu'elle la sçait par cœur, dit Bassompierre ; vous allez avoir du plaisir à l'entendre.

— Cette lettre, reprit-elle, n'est pas une lettre ordinaire : c'étoit une lettre raisonnée que la politique de France avoit dictée, et que le cœur de la Princesse exprimoit dans tout le caractère de sa tendresse. La voici :

« Quelque chose m'avertissoit de votre malheur quand vous nous quitâtes ; une douleur comme la mienne sert toujours d'augure de ce qui doit arriver. Vos Sujets, indignes d'avoir un maître tel que vous, exercent une trop insuportable Tirannie. M'en croirez-vous, Seigneur ? employez l'artifice pour faciliter vos desseins et pour venir à bout de ce peuple brutal et grossier. Cachez pour quelque tems cette franchise héroïque, dont l'usage vous

rend si malheureux. Feignez de vous lasser de
de l'état où vous êtes. Témoignez peu à peu quelque
changement en vos inclinations, et une entière
condescendance aux volontez des Flamans. C'est
l'unique moyen de vous sauver et de me conserver.
Je partage votre peine, et je ne pourrois vivre si
j'allois perdre l'espérance d'être à vous. »

Continuez, Comte de Bassompierre, lui dit
Mme d'Ornane; aprenez-nous l'efet que produisit
cette lettre.

— Le Prince en eut une joye excessive, reprit
Bassompierre; il la lût, en s'interrompant mille
fois. O trop aimable Princesse! s'écria-t-il, quand
il eut achevé de la lire, je suivrai vos sages conseils,
et puisque vous pensez à moi avec tant de tendresse,
rien ne me sera dificile pour vous obéir. Dès ce
moment il prit la résolution de se contraindre, et
huit jours après il parut tout changé dans ses manières. Il fit réponse au Roy, au Duc et à la Princesse. Le même Garde lui donna de quoi écrire. Il
sçut du Comte d'Egmond que le Roy avoit fait
gagner ce Garde par un homme qu'il avoit envoyé
exprès. Quelque tems après, le Prince parut docile,
et fit semblant de se rendre aux désirs des Flamans
qui s'y laissèrent tromper; et quand ils lui propo-
soient son mariage avec la Princesse d'Angleterre,
il leur demandoit si elle étoit belle, et le leur demandoit d'un air ingénu, comme si ce point seul
eut fait la seule dificulté. Ils lui disoient des mer-

veilles de cette Princesse qui effectivement avoit de la beauté ; et, tous pleins de leur satisfaction, ils mandèrent au Roy d'Angleterre de leur envoyer le portrait de sa fille. Il le fit, et quand ils l'eurent, ils le portèrent à leur Prince, qui feignit encore admirablement bien, et qui parut éperdu en le voyant. C'étoit pour lui une petite Comédie, et depuis qu'il eut résolu de tromper ses Sujets, il n'eut plus que du plaisir à les rendre ses dupes, et s'en divertissoit tous les jours avec ses amis.

D'autre part, Édouard, abusé par les Flamans, s'aplaudissoit de réussir dans tous ses projets. Il étoit devant Calais, qu'il tenoit assiégée ; mais, sur ce que les Flamans lui mandèrent, il partit de son camp et se rendit incessamment à Bruges avec la Reyne, sa femme, et la Princesse, leur fille, pour faire ce mariage si désiré. Le Comte s'y rendit, et il conduisit si bien sa dissimulation que c'est une des choses du monde qui a fait le plus de plaisir au Duc de Guise. Il vous la va dire dans toutes ses circonstances.

— Je ne me souviens pas bien de ce plaisir, lui répondit le Duc de Guise en fronçant un peu le sourcil et faisant une fort plaisante mine ; mais il en faut rapeler les vieilles idées.

Le jeune Comte se rendit à Bruges dans une magnificence digne du mariage qu'on croyoit qu'il alloit faire, et il eut un empressement qui parut si

naturel que le Roy d'Angleterre y fut trompé aussi
bien que les Flamans.

Ne pouvant faire le passionné et le tendre auprès
de la Princesse, il paroissoit gai et content. Il lui
donnoit des festes, et il se fit voir si aimable que
le Roy d'Angleterre étoit très-satisfait d'avoir un
gendre si acompli. Il fiança la Princesse, et il agit
avec tant d'adresse qu'il obligea les Flamans à demander le reste du mois pour se préparer avec plus
de pompe et d'apareil à la célébration d'un Mariage
de cette importance.

Il arriva une aventure assez extraordinaire au
Comte de Flandre le jour qu'il fiança la Princesse
Isabelle. Après que le bal fut fini, s'étant retiré
dans sa chambre et ne pouvant dormir à cause de
l'excessive chaleur qu'il y faisoit pour ce climat, il
passa dans le jardin du Palais avec le comte d'Egmond. Il s'entretenoit avec lui de sa belle Princesse
et du plaisir qu'il auroit s'il pouvoit s'en retourner
en France. Ils passèrent presque la nuit entière à
parler sur ce sujet, et, comme le Comte de Flandre
vouloit se retirer, il aperçut de la lumière aux fenestres de l'apartement de la Princesse qui donnoit sur ce jardin. Il en fut assez surpris, et plus
encore de voir que les volets d'en bas étoient fer-
més et que les fenestres d'en haut étoient ouvertes
pour recevoir le frais. Touché d'une curiosité de
jeune homme, il eut envie de voir ce qui pouvoit tenir
quelqu'un éveillé dans ce lieu. Le comte d'Egmond

tâchoit de monter à la faveur de quelques bois qui
soutenoient du jasmin le long de la muraille, et il
étoit assez empesché quand le Prince trouva tout
auprès une de ces grandes échelles qui servent à
tondre les palissades. Ils l'aprochèrent tous deux
de cette fenestre, et ils montèrent fort aisément;
mais, quand ils furent à portée de voir, ils eurent
une telle surprise qu'ils pensèrent tomber tous deux:
ils aperçûrent la Princesse, assise à terre dans son
Cabinet, qui pleuroit, ayant un homme étendu
comme mort auprès d'elle, dont la teste étoit sur
ses genoux, et trois femmes autour de lui qui
tâchoient de le secourir.

Ce spectacle étoit étonnant; ces femmes parloient
fort bas, la Princesse se désespéroit. Le Comte de
Flandre fut assez patient pour demeurer plus d'une
heure ainsi perché. Enfin il connut que cet homme
donnoit quelque signe de vie; et, après bien du
mouvement qui se fit dans ce Cabinet, il revint et
se mit aux genoux de la Princesse, où il fondoit en
larmes; et à quelque moment de là, s'étant levé,
le Prince et le Comte d'Egmond le reconnurent
pour le Comte de Bethford, l'un des hommes
d'Angleterre le mieux fait, et du plus grand
mérite.

Le Comte de Flandre se retira, et vid bien que
l'amour joüoit là de ses jeux, et que c'étoit son
Mariage qui causoit la douleur de ces deux Amans.
Il en fut touché, et le jour qu'il s'en retournoit,

8

voyant, parmi ceux qui lui faisoient leurs adieux, le Comte de Bethford, dans une mélancolie profonde, il fut l'embrasser, et lui serrant la main :

— Consolez-vous, lui dit-il, et croyez que ce ne sera pas moi qui vous ôteray votre Princesse; soyez discret, vous sçavez mon secret, je sçais le vôtre.

Il faut croire que ce secret des amours du Comte de Bethford et de la Princesse Isabelle ne fut pas impénétrable pour Édouard. Il fut, sans doute, instruit de l'aventure du Cabinet ou de quelque autre, puisque, quelque tems après, il les maria ensemble, mais les particularitez de cette affaire ne sont pas venuës jusqu'à moi.

Le Comte de Flandre se rendit à Gand, où il fut si doux et si gracieux pour ses sujets qu'ils lui laissèrent un peu plus de liberté, et ils lui permettoient quelquefois d'aller à la Chasse. Il songea à profiter de cette facilité et à la tourner en ocasion pour se sauver. Il avertit ses trois amis de son dessein. Ils avoient la précaution d'être toujours montez sur des chevaux vites et vigoureux. Un jour qu'il voloit l'oiseau, s'étant éloigné de ses Gardes, il poussa son cheval à toute bride, passa l'Escaut à la nage et se sauva en Artois avec ses amis, et de là il se rendit à Paris.

Madame de Nevers, poursuivit le Duc de Guise, sçait ce qui se passoit à la Cour de France durant que le Comte étoit en Flandre.

— Le Roy de Navarre, reprit-elle, tâchoit de profiter des mouvemens qu'il causoit; il vouloit plaire et il n'oublioit rien pour toucher le cœur où il portoit ses prétentions. Mais la constante Princesse le rebutoit et lui montroit en toute rencontre une répugnance invincible pour ses desseins. Il étoit informé de tout ce qui s'étoit passé à Gand et à Bruges, et, dès qu'il sçût que le Comte de Flandre avoit fiancé la Princesse d'Angleterre, il ne manqua pas d'en faire semer la nouvelle partout. Elle surprit le Roy et son Conseil, et affligea mortellement la Princesse de Brabant. C'étoit trop que d'avoir fiancé, il n'y avoit pas d'aparence de ne pas croire que ce ne fût pas tout de bon; le moyen de penser que son artifice se seroit poussé si loin !

— Eh bien ! belle Mathilde, disoit la Princesse de Brabant à cette fille qui étoit dans sa confidence, que direz-vous du Comte de Flandre ? Et à qui désormais se fiera-t-on ? Tant de promesses, tant de sermens, tant d'amour n'ont pu m'être garands de la foi de ce Prince infidelle.

— Je ne sçais ce que j'ai à dire, Madame, reprenoit Mathilde, mais je voudrois bien trouver quelque raison pour l'excuser, et qui le pût faire paroître innocent, comme je m'imagine encore qu'il l'est.

— Innocent ! s'écrioit l'affligée Princesse, non, non, il ne sçauroit l'être : l'action qu'il vient de faire est trop sérieuse et a eu trop d'éclat. Il a fiancé la Princesse Isabelle, le traître, le perfide, et me laisse. Il m'abandonne, et mon sort sera de pleurer toute ma vie et de le regreter.

La Princesse vivoit dans une profonde tristesse, et ses ocupations ordinaires étoient de se plaindre de son malheur et du Comte avec Mathilde. Un jour qu'elle s'étoit plus livrée à sa douleur qu'elle ne l'avoit encore fait, et qu'elle avoit porté sa promenade jusque dans le fond du parc de Vincennes, où la Cour étoit pour lors, elle entendit marcher fort vite derrière elle; et, se tournant pour voir qui ce pouvoit être, quelle fut sa surprise de reconnoître la personne de cet ingrat, de cet infidelle qui lui causoit de si tendres regrets! A peine l'eut-elle vû qu'il fut à ses pieds. Elle jetta un cri d'étonnement et de joye, et se laissa aller presque évanoüie entre les bras de Mathilde.

— Me voici, lui disoit le Prince, me voici plein d'amour. Je vous l'avois promis, je vous raporte mon cœur tel qu'il doit être pour être digne de vous. J'ai suivi vos conseils, belle Princesse, j'ai caché la vérité; je n'ai point fait paroître cette sincérité dont j'ai toujours fait profession : ma tromperie est remplie de bonne foi. Ne devois-je pas abuser mes sujets et le Roi d'Angleterre pour me conserver à mon adorable Princesse?

Elle eut le loisir de se remettre, comme vous le voyez, par ce discours si peu atendu. Elle étoit si peu préparée à ce qu'elle voyoit et à ce qu'on lui disoit, qu'une véritable et sensible joye, qu'elle n'avoit pas assez d'art pour retenir et qu'il n'étoit pas aussi nécessaire qu'elle cachast, se montra si visiblement aux yeux du Prince, son amant, que ce qu'il sentoit de plaisir récompensa bien toutes ses peines, et fit aussi, comme il l'a dit depuis, le plus sensible plaisir de sa vie.

Je ne vous redis point tout ce qu'ils se dirent de tendre et de généreux ; il faut supléer à mon insufisance. Les Personnes qui aiment l'imagineront aisément. Le Prince avoit sçû, en arrivant au Château de Vincennes, que la Princesse étoit à la promenade ; il étoit ressorti brusquement, et en homme amoureux qui vole où ses désirs l'apellent. Il n'avoit point vû le Roy. Le Comte d'Egmond fut lui faire la révérence et lui annoncer le retour du Comte de Flandre. Ce fut une grande joye pour toute la Cour, si on en excepte le Roy de Navarre. Le Duc de Normandie fut dans le parc, suivi de quantité de Seigneurs, et embrassa ce Prince qu'il aimoit avec tant de tendresse. Le Comte de Flandre lui remarqua une joye sur le visage qui ne paroissoit pas être née du plaisir qu'il avoit de le voir. Il crut que ses afaires alloient mieux, et le tirant un peu à l'écart du reste de la Compagnie :

— Je vois un feu de satisfaction, Seigneur, lui dit-il, qui brille dans vos yeux. Le prince d'Espagne doit avoir débroüillé la cause de vos chagrins ; quelque malentendu les avoit causez, et sans doute votre Princesse se repent des peines qu'elle vous a données ?

— Ouy, mon cher Prince, reprit le Duc, je suis content au moins autant que je le puis être sur le raport de Dom Charles qui m'assure que je suis aimé et que je l'ai toujours été : car je ne sçais rien de plus. Un billet de la Duchesse me confirme ce qu'il me dit. J'atends incessamment ce Prince, et après son arrivée, je me déclarerai au Roy. Allons le trouver, ne lui retardons pas davantage le plaisir qu'il aura de vous revoir.

Philipe de Valois reçût ce jeune Prince avec toute la joye imaginable. On admira la fermeté qu'il avoit euë, et avec quelle adresse il s'étoit joüé du Roy d'Angleterre et des Flamans qui avoient prétendu le soumetre à leurs volontez par une injuste violence. Il écrivit à ses sujets qu'il vouloit régner par lui-même, leur fit sçavoir qu'il rompoit une Alliance forcée qu'on lui avoit fait faire avec le Roy d'Angleterre, et qu'il alloit épouser la Princesse de Brabant. Cette manière haute et pleine de courage étonna les Flamans et les rendit obéissans et soumis à un jeune Prince qui faisoit voir par toutes ses actions qu'il étoit bien digne de leur commander.

Le Roy souhaitoit trop son mariage pour n'y pas consentir avec joye ; il en voulut faire la Feste avec éclat, et en ordonna tous les préparatifs.

Le seul Roy de Navarre en fut au désespoir, sa haine en redoubla contre le Duc de Normandie, qu'il regardoit comme l'Auteur de son malheur ;

mais, ayant remarqué en Madame un caractère d'esprit semblable au sien, une ambition démesurée, et beaucoup de hauteur en tout son procédé, il résolut de l'épouser, sçachant bien que Philipe de Valois le souhaitoit passionnément. Il s'atacha donc à elle, et sans l'aimer il lui donnoit continuellement des Festes galantes.

Deux jours après que le Comte de Flandre fut arrivé à Vincennes, Dom Charles d'Espagne y arriva aussi. On ne sçait quelle fut la joye la plus grande, ou celle du Duc de Normandie, qui alloit aprendre par lui les particularitez de son malheur passé et celles de son bonheur présent, ou celle de Charles de la Cerda de revoir la Reyne qu'il aimoit avec une passion violente.

L'absence ne l'avoit point afoiblie; elle étoit trop forte, rien dans le monde n'étoit capable de la faire changer.

Dès que le Duc de Normandie le vid, il l'embrassa tendrement, et passant dans son Cabinet avec le Comte de Flandre :

— Eh bien ! Prince, lui dit-il, je vous dois tout mon bonheur.

— Seigneur, répliqua-t-il, vous ne me devez rien. J'ai seulement éclairci votre fortune, vous l'eussiez pû faire vous-même, si vous ne vous fussiez pas tant hasté de quiter la Bourgogne. Un peu moins de promtitude vous eût épargné bien des

peines, et de beaux yeux n'eussent pas versé tant
de pleurs.

— Ne me laissez pas plus longtems dans l'impatience où je suis, répartit le Duc, et puisque je
sçais qu'on a encore de la bonté pour moi, dites-
nous bien exactement tout ce que vous avez fait ;
j'ai une forte curiosité de sçavoir le sujet de ce
malentendu.

Madame la Princesse de Conty sçait que Dom
Charles obéit ; on n'a qu'à la prier de nous dire la
manière dont il s'en acquita.

Cette Princesse prenant la parole :

— Voici, dit-elle, comme le Prince d'Espagne
parla :

— Aussitost que vous m'eûtes donné vos ordres,
Seigneur, je ne tardai pas de me rendre en Bourgogne ; mon arrivée fit grand bruit. La Duchesse
me reçut fort bien, mais non pas avec cette gayeté
qui acompagne d'ordinaire toutes ses actions ; elle
avoit un air sérieux, plein d'une fierté contrainte
qui ne me laissoit espérer rien de bon.

Je tombai dangereusement malade, comme vous
l'avez sçû, Seigneur, et mon mal fut long ; enfin,
mon zèle pour votre service me redonna la santé
avec une vie que je n'aimois que pour vous. La
Duchesse me fit l'honneur de me venir souvent
visiter ; mais elle évitoit de me parler en particulier. Je ne sçavois comment faire pour lier un

entretien avec elle ; je m'avisai enfin de lui demander une audience secrète de la part du Roy : elle
n'osa me la refuser, mais elle rougit, se doutant
bien que j'avois autre chose à lui dire. Elle passa
avec moi dans son Cabinet.

— Le Roy, me dit-elle en souriant, me veut-il
faire part de la douleur qu'il a causée au Duc de
Normandie en lui ôtant une si belle Épouse ? Mais
le Prince aura de quoi s'en consoler avec la Princesse de Brabant.

— Le Prince n'a jamais aimé que vous, repris-je ;
vous n'avez que trop modéré sa douleur sur la
mort de la Duchesse de Normandie : il ne vint
vous trouver que pour vous prier de remplir sa
place, et vous faire voir par là que vous étiez Souveraine de son cœur. La chose est si certaine,
Madame, qu'il fut épouvanté de la manière dont
vous le reçûtes et des paroles que vous lui dites.
Le dépit l'arracha d'auprès de vous ; il revint en
France, et, raisonnant avec plus de sang-froid sur
tout votre procédé, il vous crut capable des mèmes
foiblesses que les autres femmes ; et ayant conçu
peu d'estime pour tout le sexe en général, puisqu'il
avoit crû trouver des défauts dans la plus parfaite
des Princesses, il résolut de satisfaire le Roy et
d'épouser celle qu'il voudroit lui donner.

— La plus belle adoucissoit son malheur, reprit
la Duchesse ; Blanche de Navarre pouvoit me persuader qu'il la prenoit de son choix, et peut-être

que la Princesse de Brabant lui a fait céder Blanche
de bonne grâce.

— Si ce que vous dites étoit vrai, Madame, répli-
quai-je, je ne ferois pas les démarches que je fais,
et vous ne me verriez pas auprès de vous, pour
vous justifier un Prince que l'amour devroit vous
faire voir aussi innocent qu'il l'est, et qui vous
rend la Maîtresse de toute sa Destinée. Je vous
présente son cœur : je n'ai plus rien à vous dire,
Madame, pour sa justification ; mais je vous oserai
demander la vôtre et vous prier de m'expliquer une
conduite si extraordinaire.

— Il est juste, répliqua-t-elle, et j'aurai bientost
fait : je n'ai qu'à vous dire que la Duchesse de Limbourg et moi nous sommes fort amies et avons toujours entretenu l'une avec l'autre un commerce fort
particulier. Après la mort de la Duchesse de Normandie, elle s'en retourna en Brabant. Avant de
partir elle m'écrivit de Paris et me manda que le
Prince, son frère, alloit avec elle ; qu'elle espéroit
que la beauté de sa belle-sœur pourroit lui plaire ;
que, la chose arrivant comme il y avoit grande
aparence, elle seroit doublement sa belle-sœur ;
que le Roy étoit dans le dessein de remarier le
Prince ; qu'on avoit déjà proposé la Princesse de
Navarre, mais qu'elle espéroit que les charmes de
la Princesse de Brabant romproient ce coup.

A quelque tems de là, poursuivit la Duchesse, je
reçûs une seconde lettre de la Duchesse de Lim-

bourg, qui me mandoit que le Prince, son frère, avoit trouvé la Princesse de Brabant admirablement belle, et que, selon les aparences, son Mariage se feroit bientost.

Cette Nouvelle, continua-t-elle, m'acabla de douleur; je pensay tout ce que je devois penser, et vous ne me pouvez blasmer d'avoir été si crédule. Qui en auroit moins fait que moi ? Je crus le Prince infidelle, je voulus le haïr, je résolus de ne le voir jamais. J'étois dans ces désolantes pensées, lorsqu'un soir je le vis lui-même si inopinément dans mon Cabinet; pleine des idées affreuses qu'on m'avoit données, je ne pûs me rendre Maîtresse de moi, et je lui parlai avec emportement.

— Et le Comte d'Ostrevant, lui dis-je en l'interrompant, que faisoit-il avec vous ? Pourquoi le voir à une telle heure et dans un lieu si particulier ?

— Il m'avoit surprise, reprit-elle, et je lui deffendois de me donner des marques d'un amour auquel je ne voulois pas répondre et que je ne pouvois soufrir. Je vais vous dire ce qui s'est passé entre lui et moi, et ce qui m'est arrivé depuis la première fois que j'avois vû le Duc de Normandie après mon veuvage.

Je vivois moins en peine des sentimens que j'avois pour lui, et le Duc de Bourgogne, par sa mort, me délivroit, du moins, de la moitié des scrupules que j'avois d'aimer le Duc de Normandie.

Je puis me livrer avec innocence à la tendresse que
j'ai pour lui, disois-je en moi-même ; je refuse les
marques de sa passion, mais je pourrai conserver
la mienne pure et désintéressée comme elle est. On
a sçû que le Roy d'Arragon me fit proposer son
Mariage : je le refusai, j'aurois refusé de même
l'Empereur et un Monarque de toute la terre, pour
ne me faire rien perdre de l'afection que je conser-
vois au Duc de Normandie.

Le jeune Comte d'Ostrevant vint ici peu après,
ou de dessein, ou de hazard. Je vous avoüerai
qu'il parut fort touché de moi : il m'en donna des
Marques publiques et particulières. Je reçûs les
unes et les autres avec une égale indiférence, et je
le priai de ne songer plus à une poursuite qui lui
seroit inutile. Il prit congé de nous et fut dans
d'autres Pays étaler une passion qui m'étoit désagréable ; il fit des vœux comme on en fait, et,
suivi d'un nombre de Chevaliers habillez de mes
couleurs, il alla soutenir ma beauté et la gloire de
sa servitude. Cet éclat ne me plût point. Il revint
encore ici, et, quand il y eut demeuré quatre
jours, je le fis prier d'abréger sa visite. Il me parla
en homme amoureux et me quita de même ; mais
je le vis plusieurs fois dans mes promenades ou à
la Chasse, qui se présentoit à mes yeux en habit
déguisé. Il n'est sorte de stratagème dont il ne se
soit servi, et, quand le Duc de Normandie le
trouva, il étoit arrivé comme un Courier de la
part du Roy, et m'avoit fait dire qu'il ne pouvoit

me donner ses dépêches qu'en particulier. De sorte
qu'étant passée dans mon Cabinet avec la seule
Mme de Vaudray, je fus fâchée de ne voir que le
Comte d'Ostrevant. Il se jetta à genoux devant moi,
me demanda pardon de sa tromperie et me dit ces
sortes de choses que les Amans ont acoutumé de
dire. Je le reçûs avec colère et dédain, et, me
remettant ensuite dans un sang-froid nécessaire,
je lui dis nettement qu'il se donnoit une peine
inutile, que non-seulement je ne répondrois jamais
à sa passion, mais que j'étois résolüe à ne la soufrir en aucune manière, et, le priant de me laisser,
je le fis reconduire par Mme de Vaudray.

Le Duc le trouva comme vous sçavez. Il entra
dans mon Cabinet ; je rêvois à lui, à sa prétendüe
inconstance. Je ne me souvenois plus du Comte
d'Ostrevant ; je fus surprise de voir le Duc de Normandie devant mes yeux : je lui parlai pleine de
mon ressentiment, je le quittai sans l'entendre.
Ce qu'il m'envoya dire un moment après par
Mme de Vaudray me chagrina encore. Je lui fis une
réponse brusque, mais dont je me repentis presque
aussitost. Je fus sur le point de le faire rapeller,
j'espérois qu'il me manderoit encore quelque chose.
Je pensai envoyer chez du Vergis, où je me doutois
qu'il étoit ; il me dit le lendemain qu'il s'en étoit
retourné. Je fus au désespoir, je demeurai pleine
de dépit, je me livrai tout entière à ma douleur.
Le Comte d'Ostrevant a encore tenté de me voir.
Il m'a trouvée plus inexorable ; ma jalousie secrète

m'irritoit. Je ne pensois qu'au Prince ; atentive à tous les mouvemens qui se passoient à la Cour, j'étois avertie de tout. Mon chagrin augmenta quand j'apris que le Duc de Normandie étoit allé au-devant de la Princesse de Navarre. Il fut adouci, je l'avoüe, quand je sçûs que le Roy l'avoit épousée ; mais l'arrivée de la Princesse de Brabant me replongea dans de nouveaux abîmes d'afliction.

Ce que vous m'avez dit, continua la Duchesse, rend le calme à mon esprit et rassûre mon cœur par les assurances charmantes que vous me donnez. Si le Prince m'est fidelle comme vous me le dites, je le fais le Maître absolu de ma destinée.

— Voilà, Seigneur, dit Dom Charles, en achevant son discours, comme j'ai sçû la vérité de la bouche de la Duchesse de Bourgogne. Je l'obligeai à vous écrire pour vous rassurer. Vous pouvez, quand il vous plaira, travailler à votre bonheur. Cette Princesse est digne de le faire par les charmes de sa personne, par sa vertu, par l'agrément de son esprit et par la fidélité de son cœur.

Le Prince d'Espagne ne finit son récit qn'en recevant de nouveaux embrassemens du Duc de Normandie. La joye du Comte de Flandre étoit presque aussi grande que la sienne pour l'heureux état où il se trouvoit. Le Duc ne voulut pas perdre un moment ; il alla chez le Roy, et, ne lui déguisant aucune de ses pensées, il n'eut pas de peine à lui faire agréer son dessein pour la Duchesse de

Bourgogne. Le Roy consentit à tout, et même à la précipitation avec laquelle il voulut que la chose se fît. On dépêcha des Ambassadeurs pour l'aller demander. Ils partirent avec diligence, et cette nouvelle fut reçuë avec aplaudissement de toute la Cour. Le seul Roy de Navarre en conçût du chagrin, et seulement à cause de la satisfaction du Duc de Normandie, qu'il haïssoit mortellement. Il n'eut pas longtems vu le Prince d'Espagne qu'il découvrit la passion qu'il avoit pour la Reyne, sa sœur. Il ne le pouvoit déjà soufrir comme favori du Prince; mais, quand il connut ses sentimens pour la Reyne, il le prit pour l'objet de toute son aversion, mais d'une aversion insurmontable, et dont les suites des tems firent voir les marques funestes. Son premier mouvement fut d'avertir le Roy de l'audace de Dom Charles de la Cerda; mais, comme il ne le pouvoit faire sans intéresser la Reyne, sa sœur, dont la gloire et l'innocence pouvoient être soupçonnées, il se retint par le respect qu'il avoit pour elle, et par une sorte d'amitié qu'il n'osa sacrifier à son animosité. Il se crût seul assez fort, ou pour mieux dire assez méchant, pour donner de la peine au Duc, à son favory et au Comte de Flandre.

Le Duc de Normandie atendoit avec impatience des nouvelles des Ambassadeurs qu'on avoit envoyez en Bourgogne; et, quoiqu'il ne doutast pas du succès, il étoit dans cet état inquiet où tout homme qui aime bien doit être. Le mariage du Comte de

Flandre avoit été remis pour être célébré avec le sien. Le Roy, qui vouloit qu'ils se fissent tous deux avec magnificence, manda ses Pairs et tous les Princes, de manière que Charles de Blois, Duc de Bretagne, se rendit à la Cour avec la Duchesse, sa femme. Le Roy le reçût avec caresse, comme la proximité qui étoit entre eux le vouloit; mais la Duchesse de Bretagne étoit si malade que personne ne la vid. Elle étoit logée dans une maison qui regardoit dans le jardin du Palais et sur le bord de l'eau. On parloit de la Princesse, sa fille, comme d'une personne extrèmement charmante.

Enfin les nouvelles de Bourgogne arrivèrent, et l'on sçût que la Duchesse se préparoit à partir pour venir en France. Ce fut un sujet de joye pour toute la Cour, par raport à celle du Prince, et aussi parce que cette Princesse s'étoit infiniment fait aimer durant le séjour qu'elle y avoit fait. Un jour qu'on parloit de ce mariage chez la Princesse de Brabant, où le Comte de Flandre, le Roy de Navarre et Dom Charles d'Espagne étoient :

— Je comprens la joye qu'a le Duc de Normandie, disoit Dom Charles, d'épouser une belle personne dont il est aimé. Je respecte leur satisfaction; mais, si après cela je dois dire mon sentiment, je regarde le mariage comme un joug insuportable, et, de l'humeur dont je suis, je ne voudrois pas épouser ce qu'on m'ofriroit de plus acompli.

— Ce goùt est bizarre, reprit le Roy de Navarre,

qui cherchoit en tout à le contredire. Les désirs acompagnent l'amour; quand on aime on veut posséder. Vous n'aimez donc rien ?

— Je ne m'explique pas, reprit Dom Charles; mais je dis que je ne regarde le mariage qu'avec aversion et que rien ne sçauroit m'y engager.

— Il faut donc, reprit malicieusement le Roy de Navarre, que vous ne puissiez épouser ce que vous aimez; car, à moins de cela, il est naturel de vouloir la possession de ce qu'on aime.

Le Prince d'Espagne rougit de ce que lui disoit le Roy de Navarre, qui, poursuivant de parler pour l'embarrasser et pour lui faire dépit :

— Il est des ocasions, continua-t-il, où l'on seroit obligé de se marier, malgré toute la répugnance qu'on y auroit; car, par exemple, un homme qui conserveroit assez peu de jugement pour aimer une Reyne, si le Roy, son mary, en prenoit quelque soupçon, il faudroit bien qu'il se mariast, s'il vouloit conserver la gloire de celle qu'il a l'audace d'aimer.

— En pareil cas, reprit le Comte de Flandre, pour empêcher qu'on ne remarquast le désordre de Dom Charles, il faudroit se marier.

— Et la mort, poursuivit le Prince d'Espagne, me paroîtroit moins afreuse que cette extrémité; mais l'Amant malheureux, qui seroit réduit à ce suplice, devroit prendre une personne si laide qu'il

pût, par là, justifier toute la violence que l'intérêt
de la personne aimée feroit à ses inclinations.

Le Roy de Navarre, dont l'esprit malin cherchoit
à tourmenter ce qu'il n'aimoit pas, ne pouvant se
satisfaire dans ses amours, ne s'ocupoit qu'à trou-
bler celles des autres. Il fut charmé d'avoir décou-
vert les sentimens de Charles de la Cerda, et dès
lors il ne songea qu'à trouver les moyens d'obliger
le Roy à le marier, pourvu qu'il pût sauver la
gloire de la Reyne, sa sœur; mais il auroit voulu
trouver une belle personne, et, quoique la Reyne
fût la plus vertueuse Princesse du Monde, le Roy,
son frère, avoit l'esprit si mal fait qu'il ne laissa
pas de croire qu'ayant un vieux mari elle pourroit bien aimer un jeune Amant. Il eût voulu la
piquer de jalousie, et ruiner par là Dom Charles
auprès d'elle. Il sçavoit qu'en causant du déplaisir
au Prince d'Espagne, il en donnoit aussi au Duc
de Normandie et au Comte de Flandre, par l'amitié
extraordinaire qui les unissoit tous trois.

Le Comte de la Rochefoucauld a toujours détesté
les noirceurs du Roy de Navarre, poursuivit Mme la
Princesse de Conty, et blasmé la malice de son
esprit. Il nous va dire tout ce qu'il fit contre
Charles d'Espagne, qui étoit plus à portée que les
deux autres de recevoir les coups dont il vouloit
l'acabler.

— Je suis plus embarassé à vous le dire qu'il ne
le fut à exécuter ses mauvaises intentions, reprit

la Rochefoucauld ; il apliqua tout son esprit à en venir à bout. Et ce qu'il y avoit de singulier dans cette aventure est qu'il devoit, pour fâcher le Prince d'Espagne, trouver les mêmes choses qui eussent fait tout le plaisir d'un autre ; car il falloit lui donner une belle femme pour faire croire à la Reyne qu'il l'aimoit, et il falloit encore qu'elle fût de grand lieu, parce qu'on sçavoit que le Roy ne le vouloit établir que très-considérablement. Cela étant, il n'étoit pas aisé que toutes ces choses fussent ensemble. Là où il y avoit la naissance, la beauté manquoit, et là où la beauté brilloit, le sang illustre ne l'acompagnoit pas. Ces dificultez travaillèrent quelques jours l'esprit inquiet du Roy de Navarre ; mais la fortune qui n'a que trop favorisé tous ses pernicieux desseins ne lui manqua pas dans celui-ci.

Il se promenoit un soir dans le jardin du Palais, et, comme il étoit extraordinairement tard, tout y y étoit dans un grand calme. Il crût y être seul ; il rêvoit à tout ce qu'il avoit dans la teste quand il vid, à la clarté de la Lune, deux femmes assez près de lui qui furent s'asseoir sur un banc qui étoit dans la même allée. Un désir curieux de les connoître le fit passer derrière la palissade contre laquelle elles étoient apúyées, afin de les écouter sans en être aperçû.

— Je ne sçais pas, disoit l'une d'elles, pourquoi j'aime à me venir promener dans un lieu qui m'a été si fatal.

— Nous n'y venons qu'à des heures, reprit l'autre, où vous ne pouvez pas faire la rencontre de celui qni vous a tant plû.

— Je le fuirai autant qu'il me sera possible, reprit la première personne qui avoit parlé, je ne le verrois point sans embarras. Je ne sçais comment une simple vûë peut donner tant de dispositions favorables pour un homme dont on n'a pas goûté la société. Pourquoi n'ai-je point été aussitost charmée de tant d'autres que nous avons vûs sous nos fenestres? Le Comte de Flandre et le Roy de Navarre, qui sont si bien faits et si beaux, n'avoient-ils pas de quoi me toucher? Et cependant c'est le Phantôme de Dom Charles d'Espagne qui remplit toute mon imagination et qui se présente incessamment à mon esprit. Je sçais qu'il a du mérite, et je ne doute pas que sa belle réputation ne contribue à m'entretenir dans une erreur si condamnable et dont je m'irrite cent fois le jour contre moi-même.

Le Roy de Navarre fut très-surpris d'entendre de tels propos. Un sentiment d'orgueil et d'envie lui donna d'abord du dépit de cette conqueste de Dom Charles. Un moment après il en fut bien aise, espérant que cette rencontre lui fourniroit un moyen pour avancer ses projets. Il sçavoit que bien des gens de la première naissance avoient leur logement et la vûe sur ce jardin ; mais il ne connoissoit point le son de la voix de cette Dame. Il souhaitoit qu'elle fût belle pour avoir lieu de faire croire Dom

Charles infidelle à la Reyne, et pour le rendre criminel. Il se résolut d'aborder cette inconnüe et de la voir. Il faisoit sombre dans cette allée. Il eut la patience d'entendre d'autres discours de la même nature, mais qui ne faisoient pas connoître la personne qui les tenoit.

Elle se leva enfin, et, passant sur une terrasse, il vit clairement la noblesse et l'agrément de sa taille. Il marcha légèrement après elle, et, comme il voulut passer devant pour la voir, elle l'entendit et, se tournant avec promtitude de l'autre côté, elle mit son mouchoir sur sa teste.

Le Roy de Navarre, qui étoit le plus audacieux de tous les hommes, voulut l'en empêcher.

— Pourquoi vous cachez-vous? lui dit-il en lui prenant la main ; mais l'autre personne le repoussant :

— Arrètez-vous, lui dit-elle, cette Dame n'est point acoutumée à se voir perdre le respect qu'on lui doit.

— Mon intention, reprit-il, n'est pas de lui en manquer. Quelle qu'elle puisse être, on ne peut me blâmer si j'ai quelque curiosité de sçavoir qui peut être une personne d'une si belle aparence.

— Les aparences ne sont pas toujours certaines, reprit l'inconnuë; mais, Seigneur, je ne me serois pas trouvée dans ce jardin si j'eusse crû que vous y preniez votre promenade à l'heure qu'il est où je croyois qu'il n'y avoit que les rossignols et moi d'éveillez.

— Madame, répartit le Roy de Navarre, rendons les choses égales entre nous ; je crois que vous me connoissez : ôtez ce linge importun qui vous couvre le visage, et ne me refusez pas le même privilége qu'ont eu ces rossignols qui vous ont vûe. Si je n'ai pas la voix si belle qu'eux, j'aurai l'avantage, du moins, de voir des yeux qui me causeront une grande admiration.

— Ah ! Seigneur, je n'ai garde de me faire voir, reprit l'inconnuë, je suis trop désagréable. Comme je sçais que je parle à un Prince qui est la politesse même, je vous conjure de demeurer sur cette terrasse et de me permettre de me retirer ; mais je ne veux pas être suivie.

Le Prince rêva un moment ; il craignit qu'elle ne dit vray, et que le soin qu'elle prenoit de se cacher ne vînt de ce qu'elle n'étoit point belle, et cette manière d'autorité dont elle lui avoit parlé le fit penser qu'elle étoit de grande Qualité.

— Mais, lui dit-il avec quelque inquiétude, quelle obstination est la vôtre ? Vous devriez souhaiter que je vous connusse ; je puis peut-être faire pour vous des choses à quoi vous ne vous atendez pas et qui me feroient mériter le bonheur d'être de vos amis.

Ces paroles inquiétèrent à son tour l'inconnuë. Elle craignit qu'il n'eût entendu sa conversation.

— Nous verrons un jour, Seigneur, ce que vous me ferez l'honneur d'être pour moi, reprit-elle; mais de grâce, pour le présent, ne bougez pas de cette place, et promettez-le moi.

Elle le demanda d'un si bon air et y ajouta tant de prières que le Roy fut contraint de lui prometre de lui obéir, résolu de ne le point faire. En efet, dès qu'elles furent un peu loin, il les suivit et leur vid enfin ouvrir une petite porte qui donnoit dans la maison du Duc de Bretagne.

Il s'arrêta tout surpris; il jugea que c'étoit quelqu'une des Dames de la Duchesse; mais peu après, batant des mains l'une contre l'autre et rappellant quelques circonstances de paroles et d'actions, il ne douta pas que ce ne fût la Princesse sa fille elle-même. Cette pensée le fit abandonner à une extrême joye. Il sçavoit qu'elle étoit belle. Le parti étoit grand et avantageux pour Dom Charles, et, qu'elle fût son inconnuë ou qu'elle ne la fût pas, il forma ses desseins sur les vûes qui s'ofrirent à son esprit, et résolut de faire ce Mariage qui, naturellement, eût dû tant plaire à Dom Charles, mais qu'il sçavoit bien qui le mettroit au désespoir, ayant une passion délicate, forte et insurmontable pour la Reyne, sa sœur.

Dès le lendemain il lui fit tout une Histoire du Prince d'Espagne et de la fille du Duc de Bretagne. Il lui dit en confidence, et pour la mieux persuader, que cette jeune Princesse en étoit devenue amoureuse, qu'elle le lui avoit fait sçavoir, qu'il n'avoit pû résister à une si bonne fortune et qu'ils se voyoient toutes les nuits dans le jardin du Roy.

— Ah ! mon frère, lui répondit la vertueuse Reyne en rougissant, je crois que le Prince d'Espagne peut aimer une si belle personne, mais je ne sçaurois croire qu'elle aye pû ressentir les foiblesses que vous lui imputez.

Le Roy de Navarre lui fit cent sermens pour l'assurer de ce qu'il lui disoit, et lui jura qu'il les avoit vus ensemble la nuit dernière, et entendu tous leurs entretiens passionnez. La sage Reyne le pria de n'en rien dire à personne.

— Mais, Madame, lui répondit le Roy de Navarre, la Princesse de Bretagne m'a touché ; je m'intéresse pour elle : je ne voudrois pas que Dom Charles abusast de l'inclination qu'elle a pour lui. Obligez-moi de la servir et de porter le Roy à faire ce Mariage.

— Je le ferai de tout mon cœur, reprit la Reyne, et vous verrez peut-être bientost que je n'aurai pas travaillé en vain.

Il sçavoit bien ce qu'il faisoit quand il parloit ainsi à la Reyne. Il connoissoit sa scrupuleuse vertu. Il lui avoit quelquefois laissé voir qu'il croyoit que la Cerda l'aimoit. Aussi pensoit-il bien qu'exacte comme elle étoit du soin de sa gloire, elle ne balanceroit pas à mettre tout en usage pour lui ôter ses soupçons et obliger le Roy à faire ce qu'il désiroit.

Cependant ce Prince fourbe et artificieux ne tint pas entièrement parole à la Reyne. Il dit en grand secret à quatre ou cinq personnes qu'il sçavoit bien ne devoir pas le garder, que Dom Charles étoit devenu éperdument amoureux de la Princesse de Bretagne, pour l'avoir vûe à la fenestre du Palais du Roy; de sorte que dès le lendemain tout le monde sçût cette nouvelle, et Dom Charles aprit, comme les autres, qu'on le faisoit fort amoureux. Il ne fit que rire d'abord d'un bruit si ridicule, et trouvoit quelque chose de plaisant qu'on le fit aimer une personne qu'il n'avoit jamais vûe.

Le Comte de Flandre en raisonnoit avec lui, et tout d'un coup il pensa que le Roy de Navarre pouvoit bien être l'Auteur de cette nouvelle, afin que la Reyne en pût être persuadée. Dom Charles en soupira de douleur, et il s'y abandonnoit avec excès, quand il croyoit que cette Princesse pourroit seulement en avoir la pensée. Comme il n'osoit plus depuis longtems lui parler de son amour, il lui seroit aisé de croire que la raison l'auroit entièrement guéri.

D'autre part, ce même bruit fut aux oreilles de la Princesse de Bretagne, qui bénissoit le Ciel de cette simpathie, et qui ne pouvoit assez s'étonner de cette rencontre d'inclination. Le Duc, son père, en fut averti aussi, et ne fut pas fâché que sa fille eût fait une telle Conquète, voyant le Prince d'Espagne si bien établi en France par la bonté du Roy et par la faveur du Duc de Normandie.

La Duchesse avoit recouvré sa santé, et, le jour qu'on sçut qu'elle devoit aller chez la Reyne, toute la Cour s'y trouva par curiosité pour voir la jeune Princesse de Bretagne. Dom Charles fut très-embarrassé de ce qu'il devoit faire en cette rencontre. D'abord il résolut de n'être pas chez la Reyne quand la Duchesse de Bretagne y viendroit; mais le Comte de Flandre et même le Duc de Normandie lui représentèrent si fortement qu'il seroit trop remarqué s'il faisoit une pareille chose qui étoit contre toutes les règles de la prudence, qu'il déféra à leur avis, et y suivit le Duc de Normandie.

Toute la Cour eut les yeux sur lui, et, comme il étoit en présence de la Reyne, il étoit assez troublé. Il changeoit presque à tout moment de couleur, et les partisans du Roy de Navarre lui parloient à tout propos, et lui en faisoient la guerre.

La Princesse de Bretagne aussi n'étoit point tranquile, et, quand elle jettoit les yeux sur Dom Charles de la Cerda, elle lui trouvoit un désordre et un embarras qui lui persuadoient ce qu'elle souhaitoit tant.

Le Roy de Navarre l'aborda le soir, et se mit auprès d'elle à une feste qu'il y eut. Je ne vous dirai point tout ce qu'il lui dit, mais il eut l'adresse de lui faire entendre qu'on faisoit les propositions de son Mariage avec Charles d'Espagne, et que c'étoit lui qui en avoit donné la pensée au Roy.

Cette Princesse avoit de l'esprit; elle étoit sensible; elle usa bien des avances que lui faisoit ce Prince, et répondit avec confiance et sincérité à une amitié feinte qui cachoit la haine qu'il avoit pour Dom Charles.

La Reyne Blanche crût ce que le Roy, son frère, lui disoit continuellement, et, par pitié pour Dom Charles, elle fut bien aise qu'il fût guéri de la passion qu'elle lui avoit inspirée.

Elle parla au Roy de son mariage, et elle sçut si bien le lui faire agréer, qu'il le proposa au Duc de Bretagne, qui y donna son consentement. Dom Charles fut le dernier consulté, le Roy ne doutant pas de l'honneur et du plaisir qu'il ressentiroit pour une afaire si avantageuse.

Mais Madame d'Ornane nous fera voir sa peine et les sentimens qu'il eut; c'est à elle à continuer de parler.

— Il pensa mourir, reprit Mme d'Ornane, à la connoissance des volontez du Roy, que le Duc de Normandie lui aprit. Il voulut s'en aller et quiter la Cour et la France. Il n'est point de dessein extravagant qui ne lui passast par l'esprit, et de résolution outrée qu'il ne voulût exécuter. Enfin, la tendresse du Duc et les bons conseils qu'il en reçut, aussi bien que du Comte de Flandre, le retinrent.

— Hélas! s'écrioit-il, fut-il jamais un malheur

égal au mien? Je gémis d'une chose qui feroit la
félicité de tout autre. Encore si la Princesse de
Bretagne étoit laide et mal faite, mon cœur soufri-
roit moins. Mais, quoi! je serai assez injuste pour
lui refuser mes afections et, sans doute, elle sera
malheureuse; non! je ne l'épouserai point. Comment, tout brûlant d'amour pour la Reyne, me
donnerai-je à une Princesse jeune et belle qu'il est
si facile de croire que j'aimerai?

— Quoi qu'il arrive, répondoit le Comte de
Flandre, vous ne pouvez jamais épouser la Reyne.

— Mais elle croira que j'ai cessé de l'adorer,
répliqua-t-il, et que j'en puis aimer une autre. Je
ne sçaurois soufrir qu'elle ait cette pensée, et la
mort me paroist moins cruelle. Il n'est point d'extrémité où je ne me porte plutost que d'obéir au
Roy.

Il se mit si bien cette fantaisie dans l'esprit qu'il
sortit le soir même de Paris, et fut chez lui à sa
maison de l'Aigle. Le Duc de Normandie, surpris
de son départ, dit au Roy qu'il étoit parti avant
qu'il lui eût parlé.

Philipe de Valois ordonna qu'on lui mandast de
revenir. Le Duc fut presque en colère contre lui
de cette promte fuite. La Princesse de Bretagne en
eut de la tristesse, et ne la pût cacher au Roy de
Navarre qui s'étoit rendu son confident; mais il
l'assura que rien ne la devoit allarmer, et que dans

peu Dom Charles seroit de retour. Il crût avoir
trouvé le moyen de le faire revenir. Il alla parler à
la Reyne, lui dit que la Cerda avoit voulu abuser
de la foiblesse de la Princesse de Bretagne, ne
croyant pas qu'on en vînt au Mariage, mais qu'il
n'aimoit qu'elle, et lui fit tellement craindre qu'on
ne vînt à s'apercevoir de l'amour que la Cerda avoit
pour elle, et que ce seul amour faisoit obstacle à
son Mariage, que la sage Reyne, troublée par tout
ce que le Roy, son frère, lui faisoit apréhender, se
résolut de lui écrire. Elle lui envoya un homme de
grande probité, en qui elle se fioit, et lui ordonna
de porter sa lettre à Dom Charles, et de la lui
reporter dès qu'il l'auroit lûe.

Il n'y avoit que ces paroles :

« Épousez de bonne grâce la Princesse de Bre-
« tagne, si vous me voulez persuader que j'ai
« quelque pouvoir sur vous. »

Dom Charles connut bien que ce peu de mots
avoient infiniment coûté à la sage Reyne, et qu'elle
ne les avoit pas écrits sans de grandes raisons :
aussi eurent-ils la force des enchantemens.

Il mit au bas : *J'obéiray.*

Et, ayant refermé ce papier, il le baisa respectueusement et le rendit à celui qui le lui avoit
apporté.

Il partit dès le lendemain, et se rendit à Paris ;
et, n'ayant pas trouvé le Duc de Normandie qui

étoit allé avec la Duchesse d'Orléans, la Duchesse
de Limbourg et la Princesse de Brabant au-devant
de la Duchesse de Bourgogne, il fut trouver le Roy
qui arrêta son Mariage, et le mena lui-même chez
le Duc de Bretagne, qui le reçût comme son fils.
Il vid la Duchesse et la Princesse, et fit tout ce
qu'il avoit à faire de la manière que la Reyne le
pouvoit souhaiter; mais il n'en étoit pas moins
pénétré de douleur.

Le Comte de Bassompierre a trop bien com-
mencé cette Histoire, dit Mme d'Ornane; il est à
croire qu'il en sçait toutes les circonstances. Pour
moi, qui en ignore la suite, je serai ravie de l'entendre.

— Le Duc de Normandie, reprit Bassompierre,
alloit, en homme amoureux, revoir l'objet de sa
fidelle passion. Il laissa ses sœurs et fut avec le
Comte de Flandre un peu plus vite qu'elles. Il
trouva la Duchesse de Bourgogne·à la sortie d'un
bois. D'aussi loin qu'elle l'aperçut, elle fit arrêter
son chariot, et il poussa son cheval à toute bride.
Il en descendit à dix ou douze pas d'elle, ou, pour
mieux dire, il se précipita à terre. La Princesse
descendit aussi, et ils marchèrent l'un vers l'autre.
Elle conserva beaucoup de Majesté, et le Prince
fit voir un empressement extraordinaire. Elle s'a-
baissa jusqu'à terre. Le Prince y mit un genoüil,
et lui baisa la main avec une ardeur toute passionnée. Il lui dit peu de choses devant un si grand

nombre de témoins, et, l'ayant remise en son chariot, dans un quart d'heure de chemin ils furent à la ville où elle devoit coucher ce soir là. Ce fut là où le Duc lui fit connoître tout ce qu'il ressentoit.

— Madame, lui dit-il, quand il fut dans son Cabinet avec elle, que j'ai cruellement soufert de la rigueur que vous me témoignâtes ! Que j'eusse été heureux, si j'avois sçû qu'elle m'étoit si avantageuse ! Dès-lors, elle eût fait mon bonheur, comme elle le fait maintenant.

— Ah ! Seigneur, lui répondit-elle, que j'ai soufert moi-même ; je ne vous redis point la crainte et la douleur que j'avois continuellement de tant de Mariages proposez avec les plus belles Personnes du Monde. Le traitement que mon dépit m'obligea de vous faire m'a bien coûté depuis, et j'ose dire que ce que j'ai ressenti méritoit bien une fin si glorieuse pour moi.

Je n'aurois jamais fait, si je ne vous redisois tout ce que le Prince lui répondit et tout ce qu'ils se dirent de tendre. Ils parloient comme des personnes heureuses, et ce langage est si joli que rien ne me paroist si désirable que d'être en état de s'en servir.

Toutes les Princesses se joignirent le lendemain, et se rendirent bientost à Paris, où le Mariage du Duc de Normandie et celui du Comte de Flandre se célébrèrent avec toute la magnificence et la splendeur qui leur étoit convenable. Ils épousèrent les Princesses qu'ils aimoient. Ils les aimèrent encore depuis, et ils firent voir qu'une possession légitime n'éteint pas toujours l'amour.

Les Noces de Dom Charles d'Espagne furent remises à quelques jours après ; mais ce qu'il y eut de particulier fut que le Roy de Navarre en étoit venu à haïr la Princesse de Brabant, et que la continuelle habitude qu'il avoit prise avec la fille du Duc de Bretagne l'en fit devenir éperdùment amoureux ; de sorte qu'il fit autant de choses pour rompre son Mariage qu'il en avoit fait pour le faire réussir : mais, voyant que cela seroit impossible, la fureur et la jalousie s'emparant d'un esprit porté naturellement à la méchanceté, il résolut en toute manière d'empêcher que Dom Charles ne possédast une personne qu'il aimoit, et, le soir de son Mariage, cet infortuné, passant dans un endroit obscur, se sentit fraper de deux coups de poignard [1] ; il tomba noyé dans son sang. On le trouva dans cet état. Les cris que l'on entendit firent accourir tout le monde. Le Duc de Normandie fut au désespoir ; le Comte de Flandre inconsolable ;

[1] Charles d'Espagne de la Cerda fut réellement assassiné par l'ordre de Charles le Mauvais, non sous le règne de Philippe de Valois, mais en 1353, sous le roi Jean, et parce que ce Prince lui avait donné le comté d'Angoulème que le roi de Navarre réclamait pour la dot de sa femme.

mais rien n'égaloit la douleur de sa jeune Épouse
qui se jetta toute éperduë sur le corps sanglant de
son Époux. Elle y demeura sans aucun sentiment,
et, quand on l'eut fait revenir et qu'on la voulut
séparer du Prince d'Espagne pour lui donner du
secours, elle disoit des choses si atendrissantes
qu'elles arrachoient des pleurs de pitié aux personnes les plus insensibles.

Le Roy de Navarre, qui avoit fait ce barbare
assassinat, ne fit paroître aucun trouble, et sa contenance étoit aussi assurée que s'il n'eût pas fait la
plus lâche de toutes les actions. Il faisoit ainsi sur
Dom Charles l'essai des abominables méchancetez
dans lesquelles il fut si grand Maître depuis. Le
Prince d'Espagne guérit, épousa la Princesse de
Bretagne, et vécut quelque tems pour éprouver
encore avec plus de cruauté l'efet de la haine de ce
Monstre.

Je crois, continua Bassompierre, que ce Roman
est fini. La belle Étoile du point du jour qui paroist
fait voir qu'on a poussé la veille assez loin. Si je
voulois tenir des discours fleuris, je dirois que pour
une Aurore qui va se montrer dans le Ciel, nous
avons des Soleils qui font briller leur lumière sur
la terre.

— Allons les cacher ces Soleils, dit Mme la Princesse de Conty en riant et en se levant; demain
nous raisonnerons sur une Histoire qui m'a paru
tout-à-fait agréable.

· On lui obéit, mais, comme l'heure du sommeil étoit passée, quelques-uns ne s'endormirent pas si aisément ; ou par cette raison ou par quelqu'autre plus forte encore que le sommeil, le Duc d'Elbeuf, qui étoit jeune et amoureux, ne se coucha point ; il revint sur cette belle terrasse y jouir et de l'espérance qu'il avoit dans ses heureuses amours et de toute la beauté du jour naissant. Rien n'avoit jamais ofert à sa vûë un plus beau spectacle que les premiers rayons du Soleil qui, réfléchissant doucement sur la Mer, lançoit un amas de lumière éblouissante bien capable de donner d'aimables rêveries à un Amant, dont l'idée n'étoit remplie que d'un bonheur assuré.

Les Princesses ne se levèrent point plus tard qu'à l'ordinaire. Elles passèrent ce jour à des ocupations diférentes, mais toutes agréables. Elles songeoient avec regret qu'il falloit quiter ce beau séjour. La Reyne, qui aimoit Mᵐᵉ la Princesse de Conty, lui avoit écrit qu'elle la prioit de s'en retourner et de venir redonner à Fontainebleau les charmes qu'il ne pouvoit avoir que par sa présence ; de sorte qu'elle se disposa à partir, et le soir, étant avec toute sa belle Compagnie, sur cette terrasse qu'elle aimoit tant :

— Je ne sçais, leur dit-elle, si vous êtes tous aussi contens de notre Roman que j'en suis satisfaite, mais il me semble que pour une Histoire rompuë, pour ainsi dire, et faite par tant de diférentes per-

sonnes, nous avons assez bien conservé les caractères, et qu'on croiroit presque qu'elle a été faite
d'une seule main.

— Nous en sçavions tout le sujet, Madame, lui
répondit le Marquis de Créqui ; mais il ne laisse pas
d'être étonnant que nous nous soyons si bien entendus, car, selon moi, il y a plus de difficulté à
mener ainsi un sujet véritable que de faire .une
Histoire à plaisir, comme l'on fait d'ordinaire quand
on joüe à ce jeu.

— Je vous assûre, reprit Mme de Nevers, que,
sans joüer à ce jeu, il est très-dificile à ceux qui
écrivent de faire un Roman historique par la gesne
qu'a l'esprit d'ajuster les évènemens et de rendre ce
qu'on ajoute si vraisemblable, qu'on puisse croire
qu'il a dû être, s'il n'a point été.

— C'en est aussi la grande beauté, Madame,
répliqua le Marquis de Créqui, et je ne fais cas que
de ceux qui sont de la sorte.

— Je vous demande pourtant grâce pour les
Amadis, répondit Mme d'Ornane ; car, à leurs enchantemens près, il y a un grand sens dans la morale,
et même j'y en trouverois dans la Gloire de Niquée
et dans l'Enfer d'Anaxtarac.

— Si on prenoit mon conseil pour écrire, reprit
Mme la Princesse de Conty, je voudrois qu'on suivît
la nature en tout, et que, sans s'élever au sublime,
on parlât noblement, qu'on évitât les choses pué-

riles, languissantes et basses, qu'on n'eût que de belles expressions, de la variété et de l'éléganee; que la bienséance régnast partout et que, portant insensiblement l'esprit à se contenter, il s'intéressast dans toutes les avantures, et je voudrois, sur toute chose,' que la personne qui écrit eût entièrement l'usage du Monde et de la Cour.

— Hélas! Madame, reprit Mme d'Ornane, je vois tous les jours des personnes du Monde et de la Cour qui ne sçavent pas seulement parler ou qui parlent mal.

— Je ne veux pas aussi que celles-là écrivent, interrompit Mme la Princesse de Conty en riant. Vous avez raison de faire cette remarque, et je suis toujours étonnée dè voir des gens qui habitent le même pays parler si diféremment, et qu'on n'entend qu'avec une extrême peine.

— Ce qui m'est le plus insuportable, reprit Bassompierre, ce sont ces faiseurs de récits éternels, qui en ont toujours de tout prest à faire sur tout ce qu'on leur dit. Je tremble dès qu'ils ouvrent la bouche; ils se jettent dans de grands détours avant que d'en venir à ce qu'ils veulent dire; ils font de longues parenthèses avec d'ennuyeuses périodes, et se servent de toutes les expressions qui peuvent signifier la même chose.

— J'en ai vù souvent de pareils qui n'étoient pas écoutez, répliqua Mme de Nevers; mais, en revanche, je connois des personnes qui ont le talent d'en faire qui divertissent beaucoup, et qui font mourir de rire en racontant de simples bagatelles.

— Ceux-là, Madame, reprit Bassompierre, sont les favoris des Dieux. Ils ont les véritables ressorts qui les rendent maîtres des cœurs et des esprits.

— Je voudrois que vous me dissiez précisément, répliqua Mme de Nevers, de quelle manière il faut faire trois sortes de récits : ceux qui sont purement historiques, ceux qui concernent les choses arrivées de notre tems ou que nous avons vuës, et ceux qui obligent à rendre compte d'une afaire importante.

— Je voudrois, lui répondit Bassompierre, qu'on redît simplement ce qu'on a lû dans l'histoire, de la manière précise qu'elle le marque ; mais on peut apporter plus d'art à ce qu'on a vû, à ce qui nous est arrivé ou à ce qu'on a sçù de quelque autre ; car, sans y rien changer, l'esprit se peut divertir dans le tour qu'on y donne, dans le feu du discours, dans l'arrangement qu'on y met, enfin rendre si bien ce qu'on représente qu'on croye y être et le voir encore. Mais pour le récit qui rend compte d'une chose importante, gardez-vous bien de le faire avant que ceux à qui vous parlez en sçachent le succés, car quelque beau qu'il peut être d'ailleurs, il jette dans une trop grande inquiétude, et le patient soufre tout ce qu'on peut soufrir. J'ai passé par là. Je me souviens d'une personne qu'on dit qui a un très-grand

esprit, qui m'a pensé cent fois faire mourir, en difé-
rant, par des écarts désagréables de choses inutiles,
de venir au fait de ce que je voulois sçavoir. *Je suis
partie*, me disoit cette personne, *j'ai passé par là,
j'ai rencontré un tel, je me suis avisée que j'étois trop
près de celui-là, sans le voir, j'avois à lui parler de
l'affaire de...., mon cheval s'est déferré, je suis enfin
arrivée. Les Seigneurs de.... et de.... étoient enfermez
avec cette personne. J'ai trouvé dans sa chambre
Mme de...., je me suis entretenuë avec elle. Une autre
est arrivée, qui a encore parlé avant moi ; enfin j'ai
eue audience ; il m'a fait asseoir comme là, et il
étoit là ; il m'a demandé d'abord comment alloit cette
afaire qui me regarde et que vous sçavez bien.* Enfin
que vous dirai-je? Madame, on vous tuë par des
longueurs et des digressions continuelles. Je les ai
si bien senties dans la personne dont je vous parle,
que j'en ai mille fois pensé mourir. Ces défauts là
viennent d'un esprit confus et embrouillé qui se
veut étendre plus qu'il ne peut, et qui embrasse
trop de choses à la fois. Je voudrois donc, étant
nécessaire de parler pour rendre compte de la commission qu'on vous aura donnée, qu'on dît d'abord :
j'ai réussi ou je n'ai pas réussi. Et après cela dites à
loisir les circonstances que vous aurez à dire ; mais
soulagez en premier lieu l'impatience de la personne
intéressée. Il est inutile de tant parler, et surtout là
où l'esprit et le cœur peuvent souffrir. J'admire toujours le bon Homère, quand je lis cet endroit où le
fils de Nestor annonce à Achille la mort de son ami

Patrocles, car, retranchant tous les grands préam-
bules, il lui dit en peu de paroles son malheur, et
lui donne la plus grande des douleurs qu'il pouvoit
ressentir.

— Mais n'y a-t-il point aussi quelque chose de
trop brusque en cette manière? reprit Mme d'Ornane; et n'est-ce point se jeter dans une trop
grande extrémité? Sans toutes ces paroles que je
condamne autant que vous, j'en voudrois un peu
davantage que le fils de Nestor n'en dit, et qui
marquassent qu'il est touché de la perte qu'on
vient de faire.

— Vous avez raison, Madame, reprit le Marquis
de Créqui; il faut, sur tous les sujets que l'on
traite, s'expliquer nettement et précisément de la
manière que l'on le doit, et lorsque la matière est
agréable; pour peu que l'on ait d'esprit, il est très-
aisé de plaire.

Ces Illustres Personnes eurent encore, durant
deux jours qu'elles demeurèrent à Eu, des entretiens et des ocupations semblables à celles que j'ai
représentées. Un moment avant leur départ, le
Comte de Bassompierre, se tournant vers Mme la
Princesse de Conty :

— Je vais dire adieu à notre charmante terrasse,
Madame, lui dit-il; peut-être que de longtems il ne
s'y dira de si spirituelles choses que celles qui
s'y sont dites.

Toute la belle Compagnie y passa aussi, et témoigna de ne la quiter qu'à regret.

— Il faut obéir à la Reyne, lui répondit Mme la Princesse de Conty, nous lui sommes tous atachez. Nous la respectons, nous l'aimons; suivons donc ses ordres avec plaisir. Considérons moins la grandeur d'une Reyne de France que l'empire qu'elle a sur nos cœurs, quoiqu'un fameux Historien ait appelé les Reynes de France : *les Reynes des Reynes.*

FIN.

J'ai lû, par ordre de Monseigneur le Chancelier, le Manuscrit qui a pour titre : LES JEUX D'ESPRIT, auxquels on peut s'ocuper dans les compagnies de gens polis et galans, *et je n'y ai rien trouvé qui en puisse empêcher l'impression, s'il plaist à mondit Seigneur d'en acorder le privilège.*

A Paris, le 26ᵉ de Juin 1701.

Signé

TABLE DES JEUX

ACHEVÉ D'IMPRIMER POUR LA PREMIÈRE FOIS

A ÉVREUX

CHEZ AUGUSTE HÉRISSEY

POUR AUGUSTE AUBRY, LIBRAIRE

LE XXXI MARS M DCCC LXII

———

XXᵉ VOLUME DE LA COLLECTION